Marvén Kajo

Siirin

Lista

Kansi:

oneKave

Omistettu

lapsuuteni

Pikku-Siirille,

tädille, jolla oli

munanmallinen

hattu ja

joka ei olisi

tehnyt pahaa

edes hyttyselle!

Kiitokset:

Axu

Ivi

Tupu

Haju

<u>Siiri</u>

Hejsan! Olen Siiri. Aivan! Nimenomaan SE Siiri. Tunnistat minut tietenkin kaikenmaailman lehtien etusivuilta ja jos et ole ihan tynnyrissä kasvanut, et ole voinut olla näkemättä minua iltalehtien lööpeissä. Loistihan naamani niissä viikkotolkulla. No, jos et ole kotioven ulkopuolelle uskaltautunut, olet kuitenkin nähnyt minut televisiossa. Siellähän on pohdittu tekemisiäni oikein asiantuntijapaneeleitten kera. Minä, jos joku tiedän mitä on olla ykkösuutinen. Sen seurauksena meikäläiselle nykyään tarjoillaan ruhtinaallisesti ruoat ja juomat nenän eteen ja ovetkin avataan mennen tullen. Eikä ihailevista katseista ja kunnioituksesta todellakaan ole pulaa, kun liikuskelen ympäriinsä. Aivan jotain muuta kuin mihin olin tottunut. Olen vihdoinkin löytänyt paikkani. Enpäs siis enää olekaan se Pikku-Siiri, joka tuskin oli olemassa toisten silmissä.

Koulussa sain tuon kutsumanimen itselleni. Minut oli tuomittu olemaan aina luokkani lyhin, enkä ollut kovinkaan imarreltu, kun peräti viidettä luokkaa käydessäni naapurin täti kehtasi kysyä kävinkö jo koulua. Jos katseet voisivat tappaa, tuon tädin elämä olisi päättynyt hyvin lyhyeen. Eikä tietenkään riittänyt, että olin pätkä, olin myös kaikin puolin mitäänsanomattoman näköinen.

"Pikku-Siiri, harmaa hiiri", kuului ilkkuva ääni koulun pihalla silloin kun joku minut sattumoisin huomasi ja halusi tietenkin kiusata.

Kuinka olinkaan rukoillut, ettei minusta jäisi yhtä lyhkäistä kuin äitini oli, hän kun oli viittä senttiä vaille puolitoistametrinen. Isän pituutta en edes kehdannut itselleni pyytää, hän kun taas oli peräti viisi senttiä yli puolentoistametrin. Kyllä kai joku tuolla korkeuksissa halusi antaa minulle läksytyksen, kun olin toivonut meneväni äidin yli. Luulen, että pituuteni määrättiin sillä hetkellä, kun ensimmäisen kerran uskaltauduin pyytämään sitä. Sentti vaille äidin pituuden, se minulle suotiin. Ironista, vai mitä?

Vanhempani kuolivat todella nuorina. Isä oli raatanut metsurina koko pienen ikänsä eikä ammatti ollut niitä parhaimpia miehelle, jonka pää ylettyi korkeintaan ensimmäisen oksan korkeudelle. Lopulta iso mänty päätti yhtäkkiä kääntää suuntaa ja romahti armottomasti suoraan sitä kaataneen pienen miehen päälle. Seurauksena työkyvyttömyys ja ensimmäistä oksaakin matalampi mieli. Äiti-raukan elämä liikkui sen jälkeen lehmän utareitten ja isän hoivaamisen välillä, kunnes hoksasi jättää kyseiset tissit kokonaan meikäläisen riesaksi. Aikaisin aamulla ennen kouluun menoa piti homma hoitaa ja vielä toisen kerran illalla. Jos luulet, että kotiintulon jälkeen sain vetäistä henkeä, olet pahasti hakoteillä. Piti hakea vettä kaivosta ja tiskata astiat ja luututa lattia. Läksyjen lukeminen ei kuulunut tämän tytön lukujärjestykseen. Eikä riittänyt, että imbesillit kakarat koulunpihalla toistelivat muka vitsikästä riimiään Pikku-Siiristä, vaan tuo kehuskelu jatkui vielä välitunnin jälkeenkin suoraan opettajan suuontelosta. Mainosti minua koko luokan edessä laiskaksi ja väitti, etten tulisi millään alalla pärjäämään kuin sen verran mitä pituuteni antoi ymmärtää. Koko luokka räjähti nauramaan ja se innoitti entistä suurempaan runoiluun seuraavalla välitunnilla. Vähältä piti, etten kutsunut opettajaa ääneen mielessäni antamallani lempinimellä Paavo Pönäkkä. Rouva tuskin olisi ollut niin suurisuinen, jos olisi joskus katsellut itseään peilistä ja huomannut että vaikka olikin nimetty Paulaksi, luonto oli antanut hänelle Paavon kropan. Ei minkäänlaisia muotoja naisella. Mieluummin olen vaikka se pätkä, joka olen kuin mokoma muodoton patukka. No, se siitä Paavosta ja hänen vähämielisistä opetuslapsistaan.

Isä ei montaa kuukautta tuon onnettomuuden jälkeen elänyt ja saman tien äitikin päätti heittää lusikkansa nurkkaan. Hänen elämänsä keskipiste oli ollut Aapo, naapurikylän poika, josta tuli hänen miehensä ja meikäläisen isä. Hänellä ei enää ollut mitään syytä jatkaa elämäänsä Aapon siirtyessä ajasta ikuisuuteen. Niinpä Saimikin sairastui ja seurasi miestään vain kuukauden päästä. Enpä riittänyt äidille elämänilon antajaksi, vaan lusikkansa pysyi nurkassaan ja jäin yksin. Olin siis tuskin lopettanut koulun, kun tehtäväkseni tuli käydä hautaustoimistossa arkkuja valitsemassa. Lehmät oli myytävä, että sain hankittua edes jonkinverran kunnialliset laatikot Aapolle ja Saimille. Katsellessani vanhempieni mittatilausarkkuja, en voinut olla kuvittelematta minkälainen pikku purkki omani aikanaan tulisi olemaan. Taitaisivat ihmiset suorastaan luulla olevansa nukkehautajaisissa. Turhaan nyt sitäkin mietiskelin, koska ei ollut ketään, joka minun hautajaisiini edes olisi tullut.

Kun vanhempia ei enää ollut, halusin muuttaa kauas pois. Nyyjorkki oli mielessä, mutta lopulta päädyin vain Tukholmaan. Joten, jos kertomukseni kieli on joskus kankeaa, se riippuu siitä, että olen jo ehtinyt asua täällä Ruotsissa suurimman osan elämääni. Suomalaisen lehden haastattelija kehtasi naureskellen sanoa minun puhuvan muinaissuomea. Mokomakin epäkunnioittava rääpäle. Saipahan kokea haastattelunsa loppuvan lyhyeen. Saa syyttää itseään, että menetti varsinaisen jymyuutisen. Mokomakin suunsoittaja. No, se siitä.

Myin siis kotimökin, koska siellä yksin asuessa satu pikkupikku mummosta, joka asui pikkupikku metsässä, pikkupikku mökissä, kaikui meikäläisen mielessä kaiken päivää. Tiesin takuuvarmasti, että jos jäisin, minusta tulisi oikeasti tuon sadun pikku mummo. Oli aika jättää Pohjois-Karjalan metsät ja muuttaa Outokummun Kyykeristä uusiin outoihin paikkoihin joko kumpujen kanssa tai ilman.

Enpä kovin huikeaa hintaa mökkipahasesta saanut, mutta sen verran, että pystyin lähtemään. Edessä olisi siis muutaman tunnin matka junalla

Helsinkiin. Perille saavuttuani painuin muitta mutkitta ostamaan laivalipun Tukholmaan. Sinne piti päästä niin nopeasti kuin mahdollista, koska sieltä kuulemma löytyivät halvemmat liput Amerikoihin, jonne ajattelin samantien jatkaa matkaani. Olisihan siinä Helsingissäkin ollut katsomista, kun ei Outokumpua edemmäksi ollut vielä koskaan eksynyt, mutta halusin äkkiä kauas pois. Laivan lähtöön kun oli vielä muutama tunti niin minäpä hortoilin pääkaupungin kaduilla suu auki ihmetellen kauppojen valaistuja näyteikkunoita. Vähän jotain muuta kuin Kyykerin maitokaupan pikkuikkuna homeisine näkkileipineen.

Pysähtyessäni hattukaupan näyteikkunan kohdalle, katseeni osui johonkin, mistä en parhaalla tahdollanikaan saanut irrotettua silmiäni. Mikä ihana hattu! Tuo ihanuus oli vaaleanpunainen ja puolikkaan kananmunan mallinen. Kaiken huipuksi siinä oli hieno turkisreunus. Se oli kuin tehty Siiriä varten. Minun oli yksinkertaisesti saatava se! Kuin unessa avasin kaupan oven ja hengästyneenä pyysin saada kokeilla sitä. Myyjä otti laiskasti hatun näyteikkunasta, pyöritteli sitä käsissään tärkeän näköisenä katsellen sitä samalla, kun vilkuili välillä meikäläistä kulmiensa alta. Neidin katseet kyllä paljastivat hänen ajatuksensa, jotka suunnilleen olivat seuraavanlaiset: "Mitähän tuo snadi landepaukku tekee täällä hienossa liikkeessäni. Pakko kai palvella sitä, vaikka ei se kumminkaan mitään osta." Juu, juu sen verran olen minäkin tutustunut pääkaupungin murteeseen, ettäs tiedätte.

Vastahakoisesti hän lopulta ojensi hatun minulle. Piittaamatta hänen tylystä tyylistään menin innolla peilin eteen ja kokeilin sitä. Henkeni salpautui. Olin vähällä pyörtyä. Hattu oli täydellinen! Se sai minut jopa näyttämään vähän pidemmältäkin. Olin myyty, enkä edes kysynyt hintaa, kun nokka pystyssä ilmoitin kaupunkilaisdiivamyyjälle: "Otan tämän. Kiitos!"

Myyjä otti hatun vastaan hämmentyneen näköisenä yrittäessään pinnistää huulilleen jonkinlaisen hymyn tapaisen. Meikäläinempä ei vastannutkaan mokomaan tekopyhään hymyyn. Annoin katseeni ymmärtää mitä mielessäni sanoinkin: "Liian myöhäistä, neitiseni. Alahan kiltisti palvella tärkeää asiakastasi!"

Myyjän paketoitua hatun, hän jo vähän nöyrempänä ilmoitti sen hinnan. Kuultuani sen, sydämeni hypähti kurkkuun, mutta en vahingossakaan antanut ilmeeni paljastaa sitä. Otin kukkaroni esiin ja maksoin kyseisen summan kuin tapanani olisi ollut vähän väliä ostaa kalliita hattuja. Siitäpä sai mokoma myymäläapulainen!

Lähdin kaupasta nokka pystyssä hattupaketin ja matkalaukkuni kanssa. En aikonut jäädä surkuttelemaan rahan menoa. Mikään voima ei olisi saanut minua olemaan ostamatta tuota ihanaa hattua. Se oli minun ja sillä selvä ja olin ansainnut sen. Laivarannalle kävellessäni tunsin itseni vapaaksi kuin taivaan lintu ja lauleskelin hiljaa "Isoisän olkihattua" kulkiessani.

Ruotsin puolelle saavuttuani sain huomata, että niin kuin olin pelännyt, munahattuni turkiksineen siirtäisi, ainakin toistaiseksi, unelmani suuresta maailmasta. Oli pakko jäädä töihin Tukholmaan.

Ei muuta kuin työnvälitykseen tukka suorana. Siellä onneksi tarjottiin juuri koulutustasoani vastaavaa työtä. Koulutuksenihan oli samaa luokkaa kuin pituuteni. Se vähäinen mitä Paavo Pönäkkä oli saanut ilkeällä tyylillään iskettyä kal+looni. Onneksi siivoojan paikkoja oli tarjolla enemmän ja vähemmän. Tai ruotsalaisittain lokalvårdare eli lukaalin hoitaja. Kuulostaa kai vähän hienommalta kuin siivooja, vaikka työ on juuri sitä itseänsä, eli toisten sotkujen puhdistamista. Onnistuin vihdoin saamaan työtä sellaisesta siivousfirmasta, joka ei muiden tapaan antanut pienen kokoni haitata. Sielläkin kyllä arveltiin pituuteni estävän pölyjen pyyhkimistä ylhäältä, mutta vakuuttelin olevani nero keksimään keinoja, joilla ylettyä. Kotona ei isä nimittäin koskaan sallinut sen paremmin minun kuin äidinkään sanoa: "En ylety!" Hänen mielestään oli keksittävä keino. Olenkin sen niin hyvin oppinut, etten vahingossakaan päästä huuliltani noita sanoja. Jollain keinolla aina ylettyy.

Huono ruotsinkielentaitoni ei ollut mikään ongelma, koska kaikki työntekijät siivoustyönjohtajaa myöten olivat suomalaisia. Kaikesta päätellen me suomalaiset putsaamme ruotsalaisten perään heidän sotkunsa.

Olin siis vasta parikymppinen, kun olin asettunut asumaan Ruotsin pääkaupunkiin ja minusta oli tullut siivooja. Sain tehtäväkseni siivousalueen mihin kuului maanantaista torstaihin siivota aamulla aikaisin iso konttori. Kukonlaulun aikaan piti meikäläisen nousta, että olin pois jaloista, kun tärkeät henkilöt saapuivat omiin ansiotöihinsä. Niin kuin tuo ei olisi jo riittänyt, piti vielä sen jälkeen selvittää kymmenen rappukäytävän lakaisu ja pesu ja vielä pölyjen pyyhkiminenkin jokaikiseltä pinnalta. Perjantaina noita rappupahuksia oli peräti kaksitoista, koska olivat mukamas niin matalia, kuten pomo asian ilmaisi. No, eihän niissä kerroksia ollutkaan kuin neljä, mutta ei sitten ollut hissiäkään. Koitapa itse kiipeillä kaksitoista kertaa neljä kerrosta ylös alas. Siinä tuntee rehkineensa koko rahan edestä ja pohkeet särkevät koko seuraavan yön. Usko pois! Onneksi tuona viikon viimeisenä työpäivänä, perjantaina, ei sentään tarvinnut mennä korjaamaan konttorin hienohelmojen sotkuja, vaan voi aloittaa heti aamusta kiipeilyn noihin rappuihin. Jostain kumman syystä eivät halunneet siivousta konttoriin perjantaisin. Tai ehkä ei kuitenkaan niin kumman syystä. Säästivät tietenkin aikamoisen lantin kustannuksista. Olihan se mukavaa, ettei tarvinnut mennä sinne, mutta ei se siivoojan työtä helpottanut pätkääkään, jos joku niin luulee. Tiedossa oli nimittäin kaksinkertainen työ maanan-

taiaamuna, mutta palkka tietenkin pysyi yksinker-
taisena. Pölyä oli pöydillä tupla-annokset ja pakko
oli tehdä kaksi reissua kellariin, että sai raahattua
kaikki kerääntyneet roskat siellä olevaan roska-
huoneeseen. Hyvin suunniteltu, kuten tavallista.
Eihän kukaan koskaan ajatellut siivoojaraukkaa
juttuja sopiessaan. Siivoojahan on täysin yhdente-
kevä persoona. Hän ei edes ole olemassa ennen
kuin jotain jää tekemättä. Mutta auta armias, kun
niin käy! Ei kestä montaakaan minuuttia, kun hän
saakin osakseen kaiken huomion eli hän saa kuul-
la kunniansa niin että korvat soivat monta päivää
sen jälkeen. No, sellaista se nyt vaan on se siivoo-
jan elämä.

Löysin aika helposti pienen asunnon itselleni
melkein keskeltä kaupunkia. Ja kuinka ollakaan
asuntofirman mieskin oli suomalainen, joten sopi-
muksen kirjoittaminen sujui ilman mutkia. Ensi al-
kuun tuntui omituiselta nähdä omasta ikkunasta
ihmisiä kulkemassa, sitä kun oli tottunut näke-
mään vain Pohjois-Karjalan mäntyjä. No, pölkkyjä
kuin pölkkyjä!

Siivoaminen ei olisi ollut ollenkaan hassumpaa, ellei olisi ollut tyyppejä, jotka harva se päivä olivat valittamassa työni tuloksista. Vasta-alkajana välitin noista kitinöistä jopa niin paljon, että itkin yksinäisyydessäni kotiin tullessani. Ihan tyhmää, mutta joskus vain otti voimille, ettei kukaan koskaan vahingossakaan kiittänyt tekemisistäni. Sitä oli aivan turha odottaa. Pelkkää purnausta, jos joku olemassaoloni hoksasi.

Yleensä nuo valitukset olivat aivan turhia, mutta onhan siivoojakin kuitenkin vain ihminen, niin joskus sattuu erehdyksiä. Kerran konttorissa sain kunnon läksytyksen unohdettuani tyhjentää itse johtajan sihteerin roskiksen. Mikä moka! Mielessäni sanoin, että yritän vastaisuudessa sijoittaa paremmin nämä unohdukseni. Eli seuraavan kerran, kun unohdan tyhjentää jonkun roskiksen täytyy katsoa, että se on korkeintaan juoksupojan sellainen. Taitaisi potkut tulla, jos unohtaisin itse johtajan roskapöntön, kun sihteerin pöntöstä jo nousi moinen meteli. Yleensä yritin säästää kodin turvaan ne harmintunteet mitä tuollaiset herjaukset toivat mukanaan, mutta tällä kertaa en millään pystynyt hillitsemään itseäni. Purskahdin itkeä vollottamaan heti paikan päällä. Se vain tuli jostain ilman varoitusta. Juoksin nopeasti siivouskomerooni, ettei kukaan näkisi ja jossa saisin rauhassa jakaa tunteeni rättieni ja moppieni kanssa. Luulin taas kerran jääneeni yksin tuskani kanssa, kun ovelle yhtäkkiä ilmestyikin vahtimestari Veikko. Hän oli niitä harvoja, jotka minut yleensä edes näkivät ja jopa tervehtivät tavatessaan. Nyt hän jäi oikein vartavasten jutustelemaan ja yritti lohduttaa, vaikka huomasin, ettei se ollut hänen vahvimpia puoliaan. Käski minun olla välittämättä typeristä valituksista. Vaikka herra ei tajunnut, ettei pelkällä käskemisellä juttuja saa häipymään, täytyy tunnustaa, että hänen sanojensa kuuleminen kyllä helpotti kummasti. Kiitin häntä itkuni lomassa.

Olin tavannut hänet aika useinkin, hän kun jakeli pöydille postia samaan aikaan, kun minä siivoskelin viimeisiä huoneita. Ei hänkään montaa sanaa ollut minulle ennen sanonut, mutta siitä se lähti käyntiin. Joku tunteellinen kai kutsuisi sitä romanssiksi, mutta se on kaukaa haettua. Joka tapauksessa, hän alkoi ottaa tavakseen tulla luokseni aamuvarhaisella, kun muita ei vielä ollut näkyvissä ja tuntui tuppautuvan aina vain lähemmäksi.

Jokin piirre kumman syystä tässä maalaistytössä viehätti Veikkoa, vaikka itse oli oikein kaupunkilainen ja ylpeä siitä. Väitti olevansa kotoisin Suomen parhaasta paikasta, nimittäin Porista. Sieltä hän kuulemma oli oppinut omituisen tapansa joka välissä sanoa "tuanoin". Muutenkin tuppasi lyhentelemään ja muuttamaan sanoja niin ettei aina meinannut ymmärtää mitä hän puhui. Kerran tuli keittiöön vesilasinsa kanssa, kun olin juuri tiskipöytää kiillottamassa ja sanoi:

"An sit sitä vet vähä".

Odotti lasi kraanan alla, että meikäläinen avaisi sen, jotta hän saisi vettä kyseiseen kupposeensa. Sanoista ei parhaalla tahdollakaan olisi ymmärtänyt hölläsen pölähtävää, mutta lasin heiluttelu kraanan alla antoi ymmärtää, että herra halusi vettä janoonsa. Kerran taas kertoi konkeloittevansa töihin ja muutaman päivän äimistelin, että mitähän sekin tarkoittaa, kun en kehdannut suoraan moista kysyä. Muutaman päivän päästä vastaus vihdoin löytyi, kun herra sattui tulemaan samoihin aikoihin töihin kuin minä, pysähtyi jalkakäytävän vierelle polkupyörällään ja tokaisi:

"Sää voisit hypät häksäl mut ei taid konkeli kestää."

Ota nyt siitäkin selvää, mut varmaankin se tarkoitti, että meikäläisen paino olisi liikaa hänen ruostuneelle konkelilleen eli polkupyörälleen. Totta on, että itse olen melkein metsässä syntynyt, mutta osaan sentään puhua suomea. Outokummussa nimittäin ihmiset puhuvat suomea juuri niin kuin sitä kuuluukin puhua. Se on sitä aitoa äidinkieltä eikä jotain puolikkaita sanoja ja häksäilyjä.

No, suomalaiset sukujuuremme selvitettyämme, Veikko alkoi kertoilla tarinoita ihmisistä joiden huoneita konttorissa siivoilin. Niitä juttuja oli kyllä ihan mukava kuunnella, vaikka välillä mietin mahtoiko hän pikkuisen värittää tarinoitaan saadakseen huomioni. No, ihan sama. Opin kuitenkin vähän tuntemaan työntekijöitä, joista suurin osa tuli paikalle vasta kun itse olin jo jatkanut matkaani rappuihini.

Yksi heistä oli rouva Andersson, joka oli varsinainen sika. Yksikään roska ei vahingossakaan ollut roskiksessa, vaan joka ikinen oli ihan tarkoituksella paiskattu sen viereen. Papereista ei niin olisi ollut väliäkään, mutta omenanraadot ja puolilleen jätetyt pahviset kahvimukit saivat koko pöydänalustan näyttämään kaatopaikalta. Oli vaikeaa keksiä keinoa millä ei olisi tarvinnut käsillä koskea tuohon iljettävyyteen. Rikkalapiota ja harjaa ei voinut käyttää, koska harja olisi kastunut mokomaan geggamoijaan ja ollut seuraavissa huoneissa täysin käyttökelvoton. Kontattuani aikani päivä toisensa jälkeen rouva Anderssonin pöydän alla, milloin mitäkin konstia käyttäen, sain tarpeekseni. Päätin näyttää rouvalle missä kaappi seisoo. Tyhjensin yksinkertaisesti roskiksen, jossa oli tasan tarkkaan pienen pieni paperinpalanen ja jätin kaiken muun lojumaan lattialle. Pöydästä pyyhin tuhannet kahviläiskät ja pullanmurut ja panin muutenkin kaiken huolellisesti järjestykseen ennen kuin jätin huoneen. Luulin pystyväni opettamaan jotakin jollekin ihmiselle. Turha luulo!

Olisittepa kuulleet mikä meteli siitä nousi! Meikäläinen sai oitis kutsun siivoustyönjohtajan puheille, joka kovaan ääneen valisti miten VALTAVA valitus oli tullut heidän tärkeimmältä asiakkaaltaan. Herjauksia sateli hänen suustaan kuin konekiväärin piipusta ammuksia ja kuinka ollakaan useimmat niistä tietenkin taas liittyivät pituuteeni vai pitäisikö sanoa lyhkyyteeni. Ei olisi kuulemma pitänyt olla kovin vaikeaa ylettyä lattialle, kun silmät olivat jo valmiiksi sillä tasolla. Tuon hurjan höykytyksen jälkeen annettiin suurieleisesti, ja meikäläiseltä pokkurointia vaatien, armon käydä oikeudesta ja sain jatkaa työtäni edelleen toistaiseksi. Mutta minulle ei suinkaan jäänyt epäselväksi, että jos vielä kerran arvoisa konttoripäällikkö Gun Andersson löytäisi huoneensa siinä kunnossa tullessaan töihin, saisin välittömästi potkut. Lupasin kunniasanalla parantavani tapani, koska en todellakaan tiennyt mitä tekisin, jos menettäisin työpaikkani. Siinä taas Pikku-Siiri omassa elementissään, entistä pienempänä ja kovalla kädellä asetettuna omaan olemattomaan paikkaansa.

Arvon Anderssonska oli myös kostonhimoinen ja sen sain tuntea heti seuraavana aamuna. Mennessäni rouvan huoneeseen en löytänytkään sieltä sitä tavallista sikolättiä vain pöydän alta, vaan nyt se oli levitetty koko lattialle. Siellä sitten nöyränä siivoilin pehva pystyssä rouvan läävää, kun Veikko taas tuli huoneen ovelle juttelemaan ja lohduttamaan. Veikko oli kyllä ihan mukava, mutta en halunnut ajatella häntä sen enempää. Hän oli nimittäin lyhyt! Olin päättänyt jo kauan sitten, että jos joskus johonkuhun rakastuisin tai paremminkin mietin, että jos joku joskus minut panisi merkille, hänen piti olla pitkä. Kaksimetrinen ajattelet. Ei, mutta tosi pitkä minun kannaltani. Siis vähintään sataseitsemänkymmentä senttimetriä. Veikko ei yltänyt kyllä siihen. Hän, kun oli vain noin satakuusikymmentäsenttinen, mutta tyynnytellessään meikäläistä, hän jotenkin muuttui isommaksi silmissäni ja väsyihän toki niskani ihan tarpeeksi häntä ylöspäin katsellessani. Olin nimittäin järkeillyt, että jos joskus saisin lapsia he varmaankin perisivät isänsä pituuden ja pystyisin näin katkaisemaan sukuni kirouksen. Eihän minulle tietenkään lapsia ole suotu, joten ihan turhaa mietiskelyä sekin oli ollut.

Veikko halusi lohdutella minua vielä työajan jälkeenkin. Anderssonskan läävä oli jotenkin tehnyt minut heikoksi ja lupasin lähteä treffeille hänen kanssaan. Eikä kulunut montaakaan viikkoa, kun Veikko päätteli, että meidän pitäisi mennä naimisiin. Tiesin, että hän vain halusi samaan sänkyyn kanssani. En suvainnut sinne pääsyä ennen kuin olisin naimisissa. Sen olin tehnyt heti selväksi. Ei hän kyllä ulkonäöltään ollut mistään kohtaa unelmieni mies, mutta osasi kyllä ihan kivasti vokotella eikä kukaan muu ollut koskaan tarjoutunut. Ei ollut ketään, jolta olisin voinut neuvoa kysyä ja niinpä sitten kerran töistä päästyämme kävimme ostamassa kihlat. Itse olin sentään käynyt suihkussa ja vaihtanut työvaatteeni vähän siistimpään asuun ja laittanut jopa munahattuni päähän juhlan kunniaksi. Veikko sitä vastoin tuli likaisissa työhaalareissaan eikä tuntunut edes huomaavan hattuani. Hän halusi vain äkkiä ostaa halvimmat mahdolliset kihlat, jotta pääsisimme pian naimisiin. Ja niin meidät sitten kuukauden päästä vihittiin maistraatissa.

Kuherruskuukaudet olivat Veikon mielestä yliarvostettua hössötystä. Tai siis hänen kielellään sanottuna:

"Lemmenlomailut o minust täysi turhaa touhuu".

Hän se vain muutti äidin luota pikkuiseen yksiööni ja pikkuiseen sänkyyni, mutta muilta osin eleli samaa poikamiehen elämää kuin ennenkin. Kitisevän konkelinsakin parkkeerasi muitta mutkitta jo ennestäänkin liian ahtaaseen eteiseen.

Hääyö varmisti, että olin todellakin vastoin kaik-
kia päätöksiäni mennyt naimisiin pienen miehen
kanssa.

Jaa, että kiinnostaisi minkälaisen anopin sain it-
selleni. Voin kertoa, että miniänä oloni jäi kovin
lyhkäiseksi kokemukseksi. Tapasin anoppini nimit-
täin tasan yhden kerran. Tuli maistraattiin katso-
maan, kun meidät vihittiin. Ai, että halasiko anoppi
uutta miniäänsä lämmöllä? No, ei mitään lämmintä
halausta tullut, mutta seuraavat lauseet olivat kyllä
aika kuumat:

"Mee Veiko menit ottamaa! Tollane onneonkija
oikee. Meneit ottaa minu ainoo poja. Tehrääs ny
sit sillai et ku sää meneit ottaa minu ainoo poja ni
mää muutanki takasi Porrii. Et siitäs saat ja turha
kuvitel et ottaisi minkäänlaist yhteyt tommose tem-
pu jälkee!! Meni muute täsä samas, iha tiedokses
vaa, kaikki oikeudet tommoselt ihmiselt minu ra-
hoihini."

Siinä siis tulenkatkuinen onnittelu anopilta. Mis-
tähän rahoista lienee puhunut? Ainakin näytti ihan
pulimummolta roikkuvine vaatteineen. Meinasin
sanoa, että viis minä sinun rahoistasi. Käyttäisit ne
ostaaksesi itsellesi edes jotain vähemmän sotkuis-

ta ja rumaa vaatetusta. Eikä pikku deodoranttiputelikaan olisi pahitteeksi. Siinä vaiheessa kuitenkin kuvittelin olevani ujo ja viaton morsian. Olin siis hiljaa, enkä tosiaan ole sen koommin anopista kuullut muuta kuin että Porissa nyt elelee ja silloin tällöin "mee Veikon" kanssa puhelimessa juttelee. No, siitä olen kyllä samaa mieltä hänen kanssaan, että Veikko olisi kyllä jo aikaisemmin voinut esitellä minut äidilleen kuin että samana aamuna kuin meidät vihittiin kertoi hänelle ja pyysi maistraattiin todistamaan toimitusta. Tietenkin meikäläinen sai taas kaikki syyt niskoilleen. Silloin jo mielessäni ihmettelin, että minkä ihmeen elämäntarinan olin itselleni luomassa. Mutta kun laamanni oli jo aamenensa sanonut niin siinä sitä sitten oltiin.

Mitäpä muutakaan tehdä kuin jatkaa elämää, johon oli itsensä järjestänyt. Anderssonskan läävän ja kaiken muun siivoamisen kruunasi nyt kalsareiden pesu. Veikon mielestä se kuului ruoanlaiton lisäksi vaimon velvollisuuksiin eikä siitä ollut tarpeen kiitellä. Mihinkään muuhun mies ei enää muutaman kuukauden päästä vaimoa tarvinnut. Jos joskus jossain pienessäkin asiassa tarjosin apuani, mies hylkäsi sen suoralta kädeltä. Veikon mielestä se olisi alentanut hänen asemaansa miehenä ja vienyt kunnian häneltä, jos vaimo olisi osannut jotakin paremmin. Vuosien kuluessa valkeni, että oikeasti osasin kaiken paremmin kuin mieheni, mutta auta armias, jos joskus uskaltauduin tuomaan sen esille. Sain kuulla missä oikea paikkani oli. Lattianraossa, josta olinkin koko elämäni tottunut kurkottautumaan yltääkseni edes vähän sille tasolle missä muut ihmiset kuljeskelivat.

Lopulta lakkasin yrittämästä olla vaimoihminen. Annoin Veikon rauhassa elää omaa poikamieselämäänsä rakkaittensa parissa, kaljan ja television. Välillä olin kyllä huolissani selviäisinkö hengissä. Oli tilanteita joissa kuolema ei ollut kaukana. Pienuuteni toi mukanaan sellaisen kirouksen, että olin pieni myös kurkustani. En osaa laskea kertoja, jolloin olen ollut vähällä tukehtua pieneen pullanmuruseen tai johonkin muuhun. Kun se tapahtuu kotona Veikon vieressä, yritän sinisenä saada henkeni kulkemaan katsoen häntä. Sen sijaan, että Veikko edes loksauttaisi leukojaan saatikka, että pelästyisi, että tukehtuisin tai tekisi jotain auttaakseen, hän vain istuu kuin ei huomaisikaan. Tai ehkä hän ei huomaakaan, en tiedä. Se vaan saa minut välillä pelkäämään, että tukehdun kotona, jossa kukaan ei tule minua auttamaan.

Siinä siis oli minun elämäni. Mitättömän Pikku-Siirin elämä. Herätä aamulla aikaisin ja mennä siivoamaan. Ensimmäisenä aina siihen konttoriin, jossa Anderssonin Emakko vietti päivänsä ja se sai aikaan sen, että joka aamu nouseminen tuntui aina vain raskaammalta. Olisi ollut ihanaa jäädä sänkyyn makoilemaan siitä huolimatta, että se haisi työmaakopilta, koska Veikko kävi suihkussa vain silloin tällöin ja meni sinne päiväunillekin täysissä työvaatteissa. Ensin jaksoin vaihdella lakanoita harva se ilta, mutta enää eivät voimat riittäneet mihinkään töiden jälkeen. Painuin haiseviin pehkuihin niin aikaisin kuin mahdollista, samalla kun toivoin voivani jäädä sinne pysyvästi.

Tähän tyyliin elämäni jatkui vuosi toisensa jälkeen. Veikko välillä kertoili juttuja työntekijöistä konttorilla, hän kun vietti siellä melkein koko päivät. Aina en olisi millään jaksanut kuunnella, mutta joskus tuntui, että parempi tuokin kuin ei mitään. Minulla kun ei ollut paljon ystäviä.

Koitan taas pettää itseäni sanomalla, ettei minulla ollut paljon ystäviä, koska rehellisesti sanottuna minulla ei ollut yhtään ystävää. Nolla ystävää siis siitä huolimatta, että nyt olin majaillut täällä Ruotsinmaalla yli kaksikymmentä vuotta. Vihollisia meikäläisellä oli sitäkin enemmän. Itse asiassa niitä oli oikein aika pitkä lista. Aivan, ihan kirjaimellista listaa olin kirjoittanut. Olin oikein järjestänyt heidät tärkeysjärjestykseenkin pahimmasta lähtien. Vihasin jokaikistä tuon listan ihmistä. Kuten sitä mummoa, joka tahallaan heitteli rusinoita rappukäytävän lattialle ja sotki ne jaloillaan niin liiskaksi, että siinä oli tekemistä ennen kuin ne sai irtoamaan.

No, Rusinamummo ei kylläkään ollut läheskään listani ykkönen. Varmaan arvaat, kuka sai olla tuolla parhaalla paikalla tärkeässä listassani. Oikein arvasit.

1. ANDERSSONIN EMAKKO

Yhtenä päivänä tullessani kotiin, Veikko ei tavalliseen tapaansa maannutkaan lemuavassa punkassamme, vaan selvästikin odotteli minua sohvalla istuen. Hän oli yleensä aina ennen meikäläistä kotona ja kuorsasi täyttä häkää siinä vaiheessa, kun minä astuin ovesta sisään. Ei välähtänyt herralle koskaan mieleen, että voisinpa laittaa ruokaa työstä palaavalla nälkäiselle vaimolle, vaan odotteli muijaansa saapuvaksi palvelemaan häntä. Tosin tuokaan ei enää toiminut niin kuin ennen. En enää tehnyt ruokaa. En vaan jaksanut. Ensin Veikko mutisi ja valitti kuinka huonon emännän oli valinnut.

"On tääki ku tollane emäntä piti men ottamaa!"

En antanut valituksen vaikuttaa ja niinpä herra katsoi parhaaksi alkaa huolehtia omista sapuskoistaan. Oikeastihan ei Veikko minua tarvinnut. Eipä herra nälkään kuollut, vaikka ruokapalvelu lakkasikin toimimasta. Sen jälkeen vain oli tuikitarkkaa, kenen ruokaa mikäkin jääkaapissa oli. Auta armias, jos koskin Veikon ostamiin juttuihin, tarkemmin sanottuna hänen iänikuisiin makkaroihinsa ja kaljoihinsa. Silloin sain kuulla kunniani.

Kalsarien pesusta huolehdin vielä toistaiseksi, koska omat alushoususeni olisivat vieneet niin pienen osan pesukoneen rumpua, ettei ollut järkeä antaa noiden pikkupöksyjen pyöriä yksinään puolityhjässä koneessa. Herran kalsarit siis siunaantuivat hänelle vielä puhtaina, vaikka olin varma, että jos lopettaisin niiden pesemisen, hän kyllä selviäisi. Veikko oli nimittäin oppinut että kun turhan usein ei mene kalsonkejaan vaihtelemaan ne riittävät tosi pitkään. Kehuskeli usein omalla säästäväisyydellään pyykkien suhteen. Olen varma, että hän vetäisi tuon taiteen äärimmilleen, jos minä lopettaisin oman osani. Joskus olin jopa ajatellut tehdä niin, mutta ajatus lattialle kolahtavista kalsareista sai minut edelleen pesemään niitä. Taitaisi herra olla vain tyytyväinen, jos jättäisin senkin tekemättä, koska silloin kalsareista olisi näkynyt selvemmin miten päin ne piti laittaa jalkaan. Ei olisi turhaan tarvinnut vaivata päätään silläkään asialla. Niin kuin sanottu, ei hän minua tarvitse mihinkään.

Tänään kyseisellä herra Sohvaperunalla oli posket punaisina ja innostunut katse hänen tuijottaessaan meikäläistä, kun tulin ovesta sisään. Selvästi odotteli minun uteliaisuuttani kysyvän mitä hänellä oli mielessään. En todellakaan aikonut antaa hänelle sitä iloa ja itsekseni ajattelin: "Voi ei! Mitä nyt? Tänään en todellakaan jaksa kuunnelle monologejasi!" Välinpitämättömyyteni ei tälläkään kertaa saanut häntä hiljaiseksi, mutta seuraava lause sai kuin saikin mielenkiintoni heräämään:

"Arvaa mitä!? Se Anderssonin muija meinas kuol tännää töis."

"Mitä tapahtui?" kysyin heti uteliaana sanomatta ääneen mitä ajattelin:

"Miksi vain meinasi? Olisi nyt vaan kuollut."

"No kyl sää senny muistat se häne allergia. Pähkinöit ei saa ol likimaikaa, ettei rouva saa jotai allergiakohtaust. Voi melkee kuol, jos pähkinäpussii mennää availee samas huonees misä hän o. No tuanoi, eipä se muija ol allergine pelkästee pähkinäl ku soijal kans. Oli menny vahingos tuikkasee kahviis soijamaitoo ja ko oli juonu ni siin taas mentii ja meinas muija tukehtuu siihe paikkaa. Mut kyl se siit kuulemma selvis. Olis sinu pitäny nähd se naama. Emmää ol ikän nähny nii sinist pärstäkerroint, vaik kaikkee olenki nähny."

"Niinpä! Oletpa nähnyt minunkin naamani pari kertaa sinisenä välittämättä siitä pätkääkään", mumisin itsekseni.

"Nyt siäl o kovat säännöt kirjotettun jääkaapi ovee sillai suuril kirjaimil. Pomo pisti kirjottae. Ylimmäine hylly jääkaapis o täst lähtie vaan Anderssonskan sapuskal, ettei vaa pääse tulee sekaannust ja soijamaido käyttö o sit kokonaisuudessas kielletty. Se täti oli kyl, tuanoi, nii lähel kuolemaa, et melkei vieres pysty näkee viikatemiehe heiluskelemas", jatkoi Veikko.

"Eipähän osannut hoitaa hommaansa kunnolla", ajattelin mielessäni, mutta olin hiljaa.

Päätin näytellä aika välinpitämätöntä ja sanoin vain:

"Kaikkea sitä voi sattua. Hyvä ettei käynyt pahemmin."

Saatuaan kerrottua jymyuutisen vaimolle, Veikko oli tavalliseen tapaansa valmis siirtymään unten maille. Pätkä ICA:sta ostettua sinistä lenkkiä ja kalja ehti kuitenkin omalle paikalleen ennen sitä eli Veikon vatsaan.

Itse olin jotenkin virkistynyt ja keksin, että lähdenpä ostamaan eväitä seuraavaa työpäivää varten. Veikko jo puoliunisena väitti, että minulla muka oli kaappi täynnä ruokaa, mutta en ottanut sitä kuuleviin korviini vaan häivyin vähin äänin ovesta ulos. Vääntäessäni avaimella oven lukkoon kuulin jo herran kuorsauksen sen läpi. Tässä muuten yksi juttu, joka täällä on erilaista kuin ainakin siinä muinaisessa Suomessa, jossa asuin. Ovi pitää lukita avaimella eikä suinkaan mene lukkoon, kun paiskaa oven kiinni. Ruotsalaiset ovat varmistaneet, etteivät koskaan lukitse itseään kämppänsä ulkopuolelle. Siitä nostan heille hattua. Aivan! Juuri sitä munanmallista hattuani, jonka käyttö viime aikoina on jäänyt ihan liian vähiin. Matkalla kauppaan päätin kaivaa sen esiin ja alkaa taas käyttää sitä ahkerammin.

Kaupassa jostain kumman syystä ajauduin hyllyn viereen, joka oli täynnä erilaisia soijamaitopurnukoita. Eräs myyjä oli juuri sopivasti järjestelemässä viereistä hyllyä. Niinpä otin kasvoilleni puhdaspulmunenilmeeni ja kyselin näyttäen soijamaitotölkkejä, että mitä ihmettä ne oikein olivat. Myyjä taisi olla iloinen, että sai keskeyttää tylsän työnsä pieneksi ajaksi ja intoutui pitämään meikäläiselle melkeinpä esitelmän kyseisistä tuotteista. Hän kertoi purkkien sisältävän soijapavuista puristettua kasvimaitoa ja sanoi, että sitä voi käyttää ihan samalla tavalla kuin tavallista maitoa. Maitoallergiset kuulemma käyttävät sitä. Luento oli suhteellisen pitkä, joten ajatukseni olivat jo kauan sitten harhailleet muualla, mutta lopulta hänen lopetettuaan kysyin naama peruslukemilla.

"Miltä se maistuu?"

Rouva Aulis kertoi, että sen maku on melko lähellä tavallisen maidon makua. Hän otti käteensä yhden tölkeistä ja väitti sen olevan parasta, koska siinä ei ollut melkein ollenkaan soijamaidolle tyypillistä jälkimakua. Hän sanoi itse olevansa sen ahkera käyttäjä. Kiitin myyjää sydämellisesti, nappasin tölkin hänen hyppysistään ja sanoin:

"On ruvennut vähän tuntumaan siltä kuin vatsa ei kestäisi tavallista maitoa. Taidanpa kokeilla tätä."

"Joo, kannattaa. Se on siitäkin hyvä, ettei sitä ole avaamattomana pakko säilyttää kylmässä", myyjä jatkoi ja lähdin kiitellen paikalta, soijamaitotölkki tiukassa otteessani, rouva Auliksen jatkaessa huokaisten hyllynsä järjestelyä.

Ostin pikaisesti jotain pientä eväksen tapaista seuraavaa päivää varten ja piristynyt mieleni sai minut vielä hetken mielijohteesta nappaamaan kassan vierellä olevasta kylmäkaapista kaljan Veikolle. Heti maksamisen jälkeen jo kaduin tuota impulssiostosta, mutta nyt oli liian myöhäistä katua. Saakoon kaljansa!

Tultuani kotiin laitoin evääni jääkaappiin. Soijamaidon panin visusti laukkuuni. Veikko ei saanut missään tapauksessa nähdä sitä. Onneksi hän ei koskaan erehtynyt penkomaan laukkuani. Häntä kun ei pätkääkään kiinnostanut meikäläisen tekemiset ja olemiset. Hyvä niin!

Seuraavana aamuna lähdin tavallista aikaisemmin töihin. Joskus vastanaineina vielä kuljimme työmatkan konttorille yhdessä, mutta se oli menneen talven lumia. Tarkemmin ajateltuna taisi olla suunnilleen ensimmäisen viikon ajan, kun teimme niin. Sen jälkeen herra otti taas konkelinsa käyttöön, että sai nukkua vähän pitempään. Pelkkää uutuudenviehätystä siis tuo yhdessä kävely. Turha edes kuvitella kysymyksessä olleen suuren rakkauden. Mitähän se rakkaus, mistä niin paljon puhutaan ja lauleskellaan, oikein on? Onko sitä oikeasti olemassa? Tässäkö muka kaikki? Aika pienimuotoista on, jos se on tässä se kuuluisa lempi. Anteeksi, taidan ihan ruveta tunteilemaan tässä. Niin turhaa ajanhukkaa sekin. Parasta palata elämän todellisuuteen.

Oma työaikani kun siis alkoi tuntia ennen kuin Veikon, niin eihän häntä toki kiinnostanut uhrata aikaansa makeista aamu-unistaan pelkän minun vuokseni. Joten kaikki sujui sinä aamuna normaaliin tapaan. Kuorsaavalla ukollani ei ollut hajuakaan, että muija häippäsi ulos ovesta tavallista aikaisemmin. Hän heräisi vasta oman herätyskellonsa pärinään, kun aika koittaisi.

Konttorille saavuttuani kukaan ei onneksi ollut vielä tullut. Eräs konttorinaisista oli niin aamuvirkku, että yleensä saapui paikalle noin puoli tuntia minun jälkeeni, mutta nyt olin niin ajoissa, ettei häntä näkyisi vielä pitkään aikaan. Suunnistin oitis siivouskomerolleni laittamaan kärryt kuntoon kierrosta varten. Tänään en myöskään unohtaisi kumihanskoja niin kuin minulla yleensä oli tapana.

Laitoin ne ensimmäiseksi kärryjen ylimmäiseen koriin, jonka jälkeen kaivoin soijamaitotölkin esiin laukustani. Kuin sisustustaiteilija sijoitin sen kauniisti hanskojen viereen. Sen jälkeen fixasin muut siivousjutut ja sitten kaikki olikin kunnossa aamun urakkaa varten. Ei muuta kuin kierrokselle!

Keittiö sijaitsi konttorikäytävän toisessa päässä. Yleensä menin sinne vasta siivottuani kaikki huoneet, mutta tällä kertaa suuntasin kärryni suoraan sinne. Tultuani perille laitoin antaumuksella kumihanskat käteeni ja avasin jääkaapin oven. Ylimmäisen hyllyn maitotölkissä luki Gun Andersson suurilla kirjaimilla. Olikohan pomo senkin kirjoituttanut vai rouva itse jo ennen sairaalaan joutumistaan. Iso huutomerkki nimen perässä antoi ymmärtää, ettei muiden ollut koskeminen Emakon maitoon. Tuo huutomerkki osoitti, että olin todella tekemässä jotain tarpeellista. Kiukuissani otin mokoman tölkin kaapista ja vein sen tiskipöydälle. Hymy nousi kuitenkin huulilleni ottaessani soijamaidon vaunuista ja asetettuani sen maidon viereen. Maitotölkki oli näköjään melkein täynnä, joten muutama desilitra löysi tiensä viemäriin. Avasin soijamaitotölkin, josta kaadoin suunnilleen saman määrän Emakon maidon joukkoon. Loput soijamaidosta pulautin viemäriin ja loppusilauksena puristin tölkin niin pieneksi kuin mahdollista ja heitin sen vaunuissani olevaan roskasäkkiin. Maitotölkin suljettuani ravistin sitä varovasti ja laitoin sen takaisin jääkaappiin juuri samalle kohdalle, mistä olin sen alkujaan napannut. Tunsin vatsassani pientä jännityksen kutinaa, joka sai minut tuntemaan itseni eläväksi. Ikään kuin olisin herännyt vuosien horroksesta. Uuden voimani avulla suuntasin takaisin käytävän alkupäähän ja aloitin huoneiden siivouksen normaaliin tapaan.

Anderssonska oli taas ollut uskollinen tavoilleen ja sotkenut huoneensa minua varten. Jostain syystä sen siivoaminen ei kuitenkaan tänään tuntunut niin ylivoimaiselta kuin yleensä. Niinpä suorastaan innolla tartuin tuumasta toimeen ja siivosin rouvan sotkut niin huolellisesti kuin ikinä mahdollista. Takuulla ei löytyisi valituksen aihetta, vaikka keksijänä olikin itse valitusvirsien sepittäjämestari Gun Andersson alias Anderssonin Emakko. Rouvan läävä loisteli puhtauttaan jatkaessani matkaani muihin huoneisiin. Kun saavuin taas keittiöön, toimin kuin en olisi siellä aikaisemmin tänään käynytkään. Yritin uskotella niin itsellenikin. Tyhjensin siis roskat säkkiin, tiskasin astiat ja pyyhin pöydät. Päivän urakka oli valmis tältä osin, kunhan saisin kunnialla taas raahattua raskaan roskasäkin kellarissa olevaan roskahuoneeseen.

"Hyvästi Perhanan Porsas!" huikkasin heittäessäni säkin roskasäiliöön.

Hyvillä mielin lähdin siivoamaan rappuja.

Selviydyttyäni vihdoin sen päivän urakasta, lähdin kotiin ja kävellessäni tunsin pelonsekaista jännitystä. Olisikohan Veikolla jotain kerrottavaa työpaikalta? Olinko saanut jotain aikaan? Toiveikas mieli oli jo muuttumassa tyypilliseksi Pikku-Siirin matalapainemieleksi avatessani kotioven. Astuessani sisään huomasin Veikon kuorsaavan nojatuolissa istuen. Siinä ainakin jotain uutta, yleensä kun nukkui sängyssä. Otin itselleni jääkaapista vähän purtavaa ja Veikko heräsi astioiden kilahteluun.

"Moi! Ai sääki olet tullu!" hän totesi.

"Juu", vastasin vain lyhyesti ja jatkoin jugurtin lappomista suuhuni.

Veikko jäi tuijottamaan minua ja se paljasti, että hänellä olisi jotain kerrottavaa. Muuten ei herra kauaa olisi lepuutellut katsettaan meikäläisessä.

"No, mitä nyt? Miksi tuijotat?" kysyin eivoisivähempääkiinnostaa-äänellä.

Silloin Veikko alkoi kertoa mitä työpaikalla oli tapahtunut:

"Muistaks, ku mää eile kerroi siit Anderssonska allergiakohtauksest?"

Nyökkäsin ja hän jatkoi:

"No, tänää se muija sit sai samanlaise kohtaukse ja veikkaas mitä kävi? SE KUOLI! Kukkaa ymmär mist se oli menny saamaa pähkinää tai jotai muut, mut kohtaus oli nii paha, et ei se ees hengittäny sit enää siin vaihees, ku ambulanssi tuli sitä noutamaa. Muija heitti veivis siin vaa kaikkie eres. Oli ihan uskomatont! Kyl ne ambulanssimiehet sitä yritti elvytel, mut eihä se tehonnu. Siin oli sit kaikki täysin lamaantunei loppupäivä, ku toi meni tapahtuu heti aamusti kahvi jälkee."

Katsoin Veikkoa ja olin ihmettelevän näköinen. Ja ihan oikeasti ihmettelinkin. Näinkö helppoa oli saada epämukava ihminen pois päiviltä? En oikein tiedä mitä tunsin, koska olin niin aloittelija tuntemisissa. Ainoa asia, jota sillä hetkellä mietin oli, että oliko Emakko ehtinyt läävätä huoneensa ennen pois lähtöään vai joutuisinko vielä kerran siivoamaan rouvan jätteet.

"Huh, huh! Ihan uskomaton tarina. Mistä ihmeestä se kaikkien varotoimien jälkeen sitten voi saada suuhunsa jotain väärää tavaraa?"

"Sitä siin just ihmeteltii porukal ko ei jääkaapiskaa ollu mikää ko ois voinu henge vied. Kellää ollu soijamaitoo ja iha tavallist maitoo sen omaski hyllys. Sitäpaitti nähtii sen ottava sitä maitoo kahviinsa ja aamupuuroos. Sen o pakko ol näi et se oli vahingos saanu jonku pähkinä leiväs tai pullas suuhus. Siihe tuloksee me porukal tultii. Oli kyl sillai kova täti syömää, ettei ihme. Karmee juttu! Tuanoi, sinu ei tartte enää putsail sen sotkui eikä minu kuunnel sen turhii valituksii milloin mistäkin."

"Ai niin! Tosiaan! Ei mitään pahaa, ettei jotain hyvääkin", laukaisin viisaati samalla, kun yritin olla olematta liian tyytyväisen näköinen ja jatkoin:

"Sillä ei vissiin ollu mitään perhettä. Tai ainakaan ei mitään miehen tai lasten kuvia kirjoituspöydällä niin kuin niillä yleensä on".

"Ei! Joku vanha sisko kuulemamukaa josai pohjoses, mut se o nii vanha, ettei siit ol hautaamaa siskoons. Firma vissii hoitelee sit koko höskä", Veikko tiedotti innostuneena siitä, että sai kertoa suuria asioita.

Lopulta hän väsyi asian hehkuttamiseen ja alkoi katsoa teeveetä ja litkiä erehdyksessä ostamaani kaljaa. Jos olisi pienen kiitoksen lausunut yllätyksestäni, olisi kai henki lähtenyt ihmetyksestä meikäläiseltä kuin Emakolta konsanaan. Olisi kai pitänyt kiittää Veikkoa henkeni pelastamisesta.

Seuraavan yön nukuin oikein makoisasti ja aamulla lähdin reippaasti konttoriin. Siellä löysin siivouskomerostani lapun, johon oli kirjoitettu, ettei minun tarvitsisi mennä rouva Anderssonin huoneeseen, koska se tultaisiin tyhjentämään kokonaan seuraavien päivien aikana. Sehän sopi minulle oikein mainiosti. En malttanut kuitenkaan olla kurkkaamatta huoneeseen ja sain todeta, ettei rouva ollut ollenkaan ehtinyt sotkea lattiaansa ennen pois lähtöään. Ihmettelin omaa tehokkuuttani ja jossain mieleni syvissä sopukoissa tunsin jotain mielihyvän tapaista, jos nyt oikein tulkitsin asian.

Ainakin intouduin sanomaan nöf nöf ennen kuin suljin oven ja jatkoin muina miehinä huoneiden siivoamista.

Kun ehdin keittiölle asti aamuvirkku virkailija saapui myös paikalle. Yleensä minua ärsytti Intopiukan, niin kuin minä häntä nimitin, aikainen töihintulo koska olisin niin mielelläni siivoskellut huoneita ilman häirintää, mutta tänään oli ihan kiva kuunnella mitä hänellä olisi sanottavaa. Hänkin tosin oli vihollislistassani, mutta ei ollenkaan alkupäässä, hän, kun oli muuten ihan mukava ihminen. Tuli vain liian aikaisin töihin ja haisi hielle. En tiedä kumpi noista asioista otti enemmän voimilleni. Hänellä oli tapana pyöräillä ja nytkin vielä hikipisarat kiilsivät hänen otsallaan. Konttori nimittäin sijaitsi aikamoisen mäen päällä ja hän polki vanhalla vaihdepyörällään koko mäen ylös. Toiseen suuntaan kuulemma matka sujui paljon mukavammin, kun oli oikein kunnon alamäki. Hän sanoi kyllä joskus pelkäävänsä, että jarrut pettäisivät, pyörä kun oli todella vanha. Mäen alla kun sattui olemaan yksi Tukholman vilkkaimmista kaduista. Edessä olisi kuulemma varma kuolema, jos niin kävisi, Intopiukka oli kerran valistanut dramaattisesti.

Hikisenä lemuten hän alkoi heti kysellä olinko kuullut mitä Anderssonin Gunille oli tapahtunut. Kerroin kuulleeni siitä Veikolta, mutta sanoin, etten tiennyt siitä sen enempää. Halusin hänen kertovan tarkemmin yksityiskohtia, vaikka se vaatikin pitempää oleskelua hänen hajupilvessään. Intopiukka alkoi kertoa samat jutut, mitkä jo olin kuullut Veikolta ja teoria pullan tai leivän joukossa olleista pähkinöistä oli täysin sama.

Kertoessaan hän otti kahvia automaatista ja meni sen jälkeen jääkaapille ottaakseen maitoa kahviinsa. Hän otti sitä toisella hyllyllä olevasta tölkistä ja lorautti mukiinsa. Samassa Emakon maitotölkki ja muut eväät osuivat hänen silmiinsä ja Intopiukka kun oli, hän päätteli, että ne varmaan saisi nyt heittää pois, kun kerran Anderssonska ei enää niitä tarvinnut. Hän oli selvästi ärsyyntynyt, että kyseinen rouva oli saanut kokonaisen hyllyn yksityiseen käyttöönsä, kun tilaa ei mokomassa jääkaapissa tahtonut millään riittää koko henkilökunnalle. Anderssonska ei siis todellakaan ollut kovin suosittu muiden konttorilaisten keskuudessakaan. Sen olin kyllä jo tajunnut Veikonkin jutuista. Helpotus heijastui väkisinkin Intopiukan äänestä, vaikka olikin mukamas syvästi järkyttynyt tapahtuneesta. Olin siis tehnyt hyvän palveluksen, en vain itselleni, vaan monille ihmisille. Onnekseni Intopiukka itse sumeilematta otti kaikki Emakon eväät ja heitti ne kärryissäni olevaan roskasäkkiin. Sen jälkeen hän poistui keittiöstä omaan huoneeseensa, jättäen lemuavan atmosfäärin peräänsä. Hänen suljettua oman huoneensa oven, minä otin kumihanskat käteeni ja kaivoin maitotölkin säkistä. Tyhjensin sen sisällön viemäriin, jonka jälkeen laitoin sen takaisin säkkiin.

Hoidettuani konttorisiivouksen valmiiksi, lähdin jatkamaan työtäni rappuihin tai porraskäytäviin Veikko väitti, että suomalainen sanoo. Kehtaa korjailla sanomisiani, vaikka itse puhuu sitä outoa murrettaan ja olettaa, että meikäläinen ilman muuta ymmärtää. Hän kun näet luulee olevansa asiantuntija alalla kuin alalla niin miksipä ei myös suomenkielessä. Opettelisi ensin itse puhumaan. Tai konkeloitkoon takaisiin Poriin. No, minä olin joka tapauksessa menossa rappuihin niin kuin me ruotsinsuomalaiset sanotaan. Tähän aikaan niissä oli yleensä hiljaista, kun ihmiset olivat jo lähteneet työhönsä. Joitakin mummeleita oli joissain rapuissa, kuten Rusinamummo omassaan, mutta nuorempi väki oli yleensä poissa. Poikkeuksia löytyi ja eräässä rapussa asui ärsyttävä sellainen. Hän oli niin sietämätön tapaus, että oli päässyt peräti listani kakkoseksi.

2. SAMPERIN MUNA

Rouvan ovessa luki nimi Mona Sandberg. Minun suomalaisessa mielessäni tuo nimi muodostui Samperin Munaksi jo paljon ennen kuin tajusin, että hän oli tuon nimen mittainen. Tuo rappu sijaitsi Östermalmissa, missä kaikki Tukholman hienot asuvat. Muna oli kai siinä viisissäkymmenissä ja pirullinen akka. Hänellä oli aina jalassaan korkeat korkokengät ja meikki botoxilla täytetyssä naamassa viimeisen päälle. Hän oli kai ottanut elämäntehtäväkseen minun kiusaamiseni. Jotta olisin säästynyt siltä, yritin mennä kyseiseen rappuun vähän eri aikoina hämätäkseni häntä, mutta turha luulo, että olisin onnistunut. Meninpä sinne mihin aikaan tahansa, aina tuo Samperin Muna lähti liikkeelle heti, kun olin pessyt hänen kerroksensa lattian ja sitä seuraavan rappuosuuden. Hän otti taskustaan karkkipaperin tai jonkun muun roskan ja heitti sen kuin ohimennen vastapestylle lattialla. Sen jälkeen hän kehotti minua tekemään vähän huolellisempaa työtä ja väitti, että lattia oli aina roskainen, vaikka olin niin kuin hän sanoi, "låtsats städa det" eli MUKAMAS siivonnut jo siellä. Hän sipsutteli korkokenkiensä kanssa alas kuin olisi ollut joku hento nainen, vaikka askeleiden kaiku rappukäytävässä kertoi hänen oikeasta painostaan, jonka väittäisin olleen kolminumeroinen. Kuinka vihasinkaan tuota naista! Ikään kuin siivous ei jo muutenkin olisi ollut tarpeeksi raskasta, niin piti hänen takiaan joka ikinen kerta kiivetä takaisin jo siivotulle osuudella ja noukkia hänen roskansa. Jos olisin uskaltanut, olisin jättänyt sen tekemättä, mutta Anderssonskan läävän kanssa olin oppinut, etteivät potkut olleet kaukana, jos uskaltauduin jotain sen kaltaista tekemään. Samperin Muna takuulla soittaisi heti ja valittaisi, jos jättäisin hänen roskansa sinne mihin hän ne heitti. Nöyrästi siis alistuin tuon paksun ja pitkän diivan ylivaltaan, vaikka mielessäni kirosin hänet aika alhaisiin paikkoihin. Onnistuttuani täydellisesti Emakon kanssa aloin seuraavina viikkoina kehitellä mielessäni keinoja, millä Samperin Munan voisi saada pois kiusaamasta.

Kerran eräässä rapussa olin lorauttanut vähän liikaa soopaa pesuveteeni ja oli vähällä, ettei eräs asukas loukannut itseään, kun liukastui vastapestyllä lattialla ja kaatui rähmälleen. Onneksi siinä ei käynyt pahemmin. Mutta silloin tajusin kuinka kauhean liukkaaksi lattia tuli vain sen takia, että vedessä oli liikaa kyseistä pesuainetta. Koska yleensä käytin sitä vain pikku lorauksen, lattia ei ollut liukas ja ihmiset pystyivät kulkemaan ohi loukkaamatta itseään. Rouva Munakin oli tottunut kulkemaan reippain ja ylpein askelin porhaltaessaan kuin jumalatar ohitseni korkokenkineen. Hän oli tullut niin varmaksi kulkemisessaan, ettei enää edes pitänyt kaiteesta kiinni. Hänen koppava olemuksensa ei varmaankaan sallinut tukeutumista mihinkään, sitä kun piti liidellä nokka pystyssä niin suunnattoman paljon alempiarvoisen siivoojan ohi.

Niinpä seuraavan kerran Munan rappuun mennessäni pistinkin pesuveteen puoli pullollista soopaa. Aloitin ylimmästä kerroksesta ja tulin seuraavaksi kerrokseen, jossa Muna asui. Pesin hänen asuntonsa kohdalla lattian niin kuivaksi puristetulla mopilla kuin mahdollista, mutta ennen seuraavaa rappuosuutta kastoin moppini oikein märäksi. Halusin varmistaa, ettei lattia takuulla ehtisi kuivua ennen kuin Samperin ovi kävi ja Muna olisi matkalla alakertaan. Olinkin juuri sopivasti taas pessyt rappuosuuden ja aloittamassa seuraavan tasanteen pesua, kun kuulin oven avautuvan. Ja kuinka ollakaan hetken päästä näin Munan tulevan rapuissa, hänen suurieleisesti heitettyään jotain krääsää taas lattialle niin kuin aina ennenkin. Nähdessään meikäläisen, tämän maailman halveksituimman ammatin edustajan, hänen katseensa oli pirullinen ja voitonriemuinen. Kuinka usein olinkaan nähnyt tuon riidanhaluisen tuijotuksen. Tällä kertaa ilme muuttui kuin salamaniskusta, kun äkkiarvaamatta korkeat korot muljahtivat lattialla ja lennättivät itseensä tyytyväisen Munan täydellä vauhdilla alas rappuja aivan nenäni eteen. Meteli oli hurja Munan kirkuessa ja korkokenkien hakatessa rappuja hänen liukuessaan alas kuin pulkkamäkeä laskeva elefantti. Yhtäkkiä rappukäytävään lankesi syvä hiljaisuus ja huomasin Samperin Munan makaavan melkein jalkojeni päällä, ja ainakin amatöörin silmillä katsottuna, kuolleena. Veri valui pään alta pitkin rappuja, jalkojen sojottaessa koilliseen ja luoteeseen. Toinen korkkareista oli lentänyt kuin päätön kana kerrosta alemmaksi.

Odottelin hetken kuuluisiko muista asunnoista ääntä eli olisiko joku tulossa katsomaan mitä oikein oli tapahtunut. Ei pihaustakaan, vaan voisi sanoa, että siellä oli hiljaista kuin huopatossutehtaalla niin kuin siellä Pohjois-Karjalassa oli tapana sanoa. Niinpä lähdin varovasti etenemään alaspäin pyyhkien nyt lattioita niin kuivalla mopilla kuin mahdollista. Saatuani koko rapun pestyä kävin vielä ylhäällä tarkistamassa tilanteen. Eloton Muna makasi edelleen täysin samassa asennossa ja pesemäni lattia oli jo onneksi ehtinyt kuivua joka paikasta. Oikeastaan olisin halunnut kokeilla Munan pulssia, mutta en uskaltanut koskea häneen, etten vain jättäisi jälkiä itsestäni. Päättelin kuitenkin, että vaikka Muna olikin kovaksi keitetty, tästä hän ei selviäisi. Kiipesin Samperin omaan kerrokseen ja keräsin roskat, jotka hänen korkeutensa oli sinne ohimennessään heittänyt. Sen jälkeen ei muuta kuin lähteä muina miehinä seuraavaan hikoilupisteeseen.

Nuo raput siivottiin kerran viikossa, joten odotin koko viikon ajan jännityksellä saisinko puhelinsoiton siivouspomolta ja kyseltäisiinkö minulta jotain tapahtuneesta. Ei minulle kukaan soittanut, enkä nähnyt missään lehdessäkään uutista naisesta, joka olisi kuollut kaatuessaan porraskäytävässä. Aloin vähän pelätä, että Muna oli selvinnyt hengissä ilmalennostaan ja koko jutusta oli tullut pelkkää kokkelia. Seuraavalla viikolla mennessäni siihen rappuun olin kyllä aika levoton.

Rappukäytävä oli hiljainen ja aloin hoitaa siivoustani tavalliseen tapaan. Vain vähän soopaa ämpäriin ja paljon vettä ja sitten ylös. Sydämeni jyskytti kävellessäni portaita ylös ja saapuessani lopulta Samperin kerrokseen. Ovessa luki edelleen Mona Sandberg. Voi ei! No, en jäänyt tuijottamaan ovea sen pidempään, vaan jatkoin siivoamista. Odotin jännityksellä aukeaisiko ovi ja kuulisin Munan korkokenkineen lähestyvän, mutta häntä ei kuulunut. Rappukäytävässä ei myöskään näkynyt mitään jälkiä Munan lennosta, joten jonkun muun oli täytynyt siivota verijäljet. Lopulta sain kaiken valmiiksi ja olin avaamassa ulko-ovea lähteäkseni, kun vastaan tuli talonmies Göran, jonka olin aikaisemminkin tavannut. Hän oli ihan mukava mies ja yleensä jutusteli kanssani pienen hetken, kun törmättiin. Hän alkoi heti kertoa mitä oli tapahtunut. Asukas nimeltä Mona Sandberg oli kuulemma menettänyt henkensä kaatuessaan rapuissa. Göran kertoi myös naisen aina käyttäneen "skor med jävla höga klackar" eli pirun korkeita korkokenkiä ja ne olivat muodostuneet hänen kohtalokseen. Hän kertoi miten tuo sama nainen oli aina soittanut ja valittanut kaikesta mitä talonmies teki ja vaati aina palveluksia, sellaisissakin asioissa, jotka asukkaat yleensä hoitivat itse.

"Rehellisesti sanottuna olen aika tyytyväinen, että tuo nainen on hävinnyt kuvioista, hän kun oli niin rasittava. Mutta eihän tuo nyt ollut niin kiva tapa kuolla kuitenkaan", Göran sanoi.

"No, eipä todella. Onko täällä sitten joku käynyt siivoamassa, kun en nähnyt mitään jälkiä tuollaisesta?" kysyin viattomasti.

"Joo, se Pettersonin rouva, joka asuu juuri siinä mistä Mona Sandberg löytyi siivosi, koska ei jaksanut katsella sitä verilätäkköä. Ei muuten ollut ihan pieni lätäkkö. Mutta ei se kuulemma verenvuotoon kuollut, vaan pää oli saanut sellaisen iskun, että henki vissiin lähti saman tien."

Toivotettuamme toisillemme hyvää päivänjatkoa jatkoimme kumpikin omille tahoillemme. Tajusin taas tehneeni hyvän työn. En vain itselleni, vaan muillekin, kuten Göranille eikä hän varmaan ollut ainoa, jolle minun lisäkseni Samperin Muna oli ollut ilkeä.

Työn tekeminen oli huomattavasti helpompaa, kun sekä Emakko että Muna olivat poissa. Emakon tilalle tuli huomattavasti kiltimpi nuori nainen, joka oli niin siisti, ettei hänen huoneessaan ollut paljoakaan tekemistä. Vähitellen myös Samperin nimi häipyi ovesta ja tilalle tuli Ericsson, josta en ollut nähnyt vielä vilaustakaan viikkojen aikana, jotka olivat kuluneet Munan poistumisesta kuvioista.

Elämä alkoi taas kulkea omilla raiteillaan ja kotonakin jaksoin taas tehdä jotain. Lakanatkin tuli taas vaihdettua ainakin vähän ennen kuin ne itse olisivat kävelleet pyykkilaatikkoon. Veikkokin välillä innostui ja yritti puuhailla jotain kanssani noiden lakanoiden välissä, mutta eipä siitä paljon ollut iloa. Mutta ei tuo niin kovasti haitannutkaan, kun pystyi katsomaan televisiota samanaikaisesti ja joskus sieltä saattoi jopa tulla jotain kiinnostavaa töllötettävää. Ainakin sen viisiminuuttisen verran minkä Veikon viihdyttämiseen tarvittiin.

Melkeinpä jo luulin, että elämä voisi hymyillä jopa meikäläisellekin joskus, kun listani kolmonen alkoi nostaa päätään. Olin ollut niin innoissani saamistani tuloksista, että olin vähällä unohtaa hänet. Mutta ei tarvitse luulla, etteikö muistutuksia tulisi juuri silloin, kun hymy melkein ylettyi omaan lärviin. Halusin aina portaisiin mennessäni tehdä työni mahdollisimman nopeasti. Kun parikymmentä vuotta puunailee paikkoja siinä oppii aika vikkeläksi, vaikka työn jälki on edelleen yhtä hyvää, jos ei peräti parempaa. Valitettavasti oli asukkaita, jotka näkivät vaivaa siitä kuinka kauan siivooja vietti aikaa heidän rapuissaan ja jos oltiin liian nopeita, he soittivat firmaan ja valittivat. Pahin tällaisista oli todella ansainnut paikkansa listani kolmosena.

3. TAIMERITAHVO

Hän asui Söderin kaupungiosassa. Ovessa luki Tahvanainen. Selvä suomalainen nimi, mutta herrapa ei olevinaan osannut ollenkaan suomea. Mukamas ihan ummikko, vaikka korostus oli niin suomalainen kuin olla ja voi. Samainen Tahvo painoi varmaan kaksisataa kiloa ja söi pitsaa ja jäätelöä kaiket päivät, vaikka hänellä oli kuulemma niin huono sydän, että saattoi kupsahtaa koska tahansa. Istui nykyään rullatuolissa. Ai, että mistä tiedän kaiken tämän? No, olenpa silloin tällöin tavannut hänen naapuriaan, joka aina valittaa, ettei pysty nukkumaan kunnolla, koska Taimerin touhut häiritsevät. Ei edes Taimeritahvon nukkuessa ollut rauhaa, vaan kuorsaus kuulemma sai koko rakennuksen tärisemään. Hän myös kertoi miten pitsalähetti joka päivä saapui naapurin ovelle. Herra ei enää liikkunut kodin ulkopuolella, vaan kerran päivässä hänen luonaan kävi hemtjänst eli kotipalvelu. He huolehtivat hänen sydän- ynnä muista lääkkeistään ja ruokaostoksista. Tahvo, kun sitten kökötteli kotona kaiket päivät, niin hän oli myös ajankulukseen ruvennut vahtimaan minun tulemisiani ja menemisiäni. Hänen ikkunansa oli sopivasti alimmaisessa kerroksessa ulko-oven vieressä. Kukaan ei päässyt livahtamaan rappukäytävään ilman että Tahvo näki, jos sattui ikkunastaan katsomaan. Ja kun oli siivouspäivä hän aivan varmasti vahti ja kellosta katsoi tarkkaan mihin aikaan tulin ja mihin aikaan lähdin. Jos vahingossakaan viivyin rapussa puolta tuntia vähempää, hän soitti saman tien firmaan ja valitti, että en muka siivonut kunnolla, koska olin niin nopea.

Viime viikkoina hän oli taas alkanut soittaa siivouspomolle ja minä sain tavalliseen tapaan läksytystä roppakaupalla. Yritin sanoa, että takuulla teen työni paremmin kuin moni muu, vaikka olinkin nopea kuin pikajuna. Kun vähän pistin pomoa seinää vasten siitä, että oliko kukaan valittanut työni laadusta, hän otti itseensä. Hän oli sitä mieltä, että olin hävytön, kun kehtasin kehua itseäni. Jotta en todellisuutta unohtaisi, hän vielä muistutti arvostani siivoojana, jonka väitti olevan tasan saman mittainen kuin pituuteni eli niin kuin hän sanoi:

"Erittäin, erittäin minimaalinen."

Mennessäni seuraavalla viikolla siihen rappuun näin Tahvon taas tavalliseen tapaan ikkunassa vahtimassa. Kehtasi vielä virnistelläkin ja näyttää kelloaan minulle, jotta tajuaisin kontrollin olevan käynnissä. Olin vähällä näyttää yhtä sormistani, mutta tiesin, että puhelu pomolle olisi lähtenyt samalla sekunnilla kun sen tekisin. Eikä taitaisi enää pelkkä läksytys riittää, vaan lentäisin kai kuin leppäkeihäs koko firmasta.

Kellarissa oleva siivouskomero oli pesutuvan vieressä ja kuulin, että joku oli jo pesemässä pyykkiään. Ihmettelin, että onpa aikainen pyykkäri ja kurkkasin ovesta sisään. Tahvon naapurihan se siellä. Hän ei ollut kovin tyytyväisen näköinen ja alkoikin heti valittaa kuinka väsynyt oli.

"Naapurin paksukainen ei anna minun nukkua. Äijä on niin pirullinen, että tahallaan kolistelee paikkoja kaiken yötä ja jos joskus vahingossa sattuu nukkumaan kuorsaa kuin sahalaitos. Ajattelin, että tulenpahan pesemään pyykkiä ennen töihin lähtöä, että saan vähän purettua kiukkuani."

Sanoin ymmärtäväni häntä todella hyvin enkä malttanut olla kantelematta, miten samainen ukko kelloineen kohteli meikäläistä. Hän ihmetteli, ettei naapurin sydän jo ollut kokonaan pettänyt, kun jaksaa nähdä vaivaa ja vahtia toisia. Oli kuulemma ties kuinka monta kertaa viety ambulanssilla sairaalaan. Hän kertoi kerran soittaneensa ovikelloa ja aikoneensa valittaa, mutta vastassa olikin ollut sairaanhoitaja. Tuo hoitsu oli varoittanut sanomasta mitään negatiivista herralle, jotta sydän ei antaisi periksi. Kuulemma pienikin pelästyksen aihe voisi tappaa koko ihmisen saman tien.

Olin tyytyväinen, että olin saanut vähän aikaa kulutettua ennen siivouksen alkamista ja ihan mukavaa informaatiota Taimeritahvosta. Kyseisessä rapussa kävin yleensä perjantaisin, jolloin ei ollut konttorisiivousta ja yritin mennä sinne niin aikaisin, että Tahvo olisi vielä ollut unten mailla, mutta turha toivo. Heräsi varmaan jo keskellä yötä vahtivuoroonsa. Tilanne tuntui toivottomalta, mitä tuli herra Taimeriin, hän kun pysytteli tiiviisti neljän seinän sisällä, kunnes mielessäni välähti suunnitelma. Halloween oli lähestymässä ja olin aina ihmetellyt ja päivitellyt koko juhlan viettämistä. Mutta nyt saattaisikin löytyä ratkaisu mokomasta juhlasta. Kulkiessani rappujen väliä olin nähnyt kauppojen ikkunoissa vaikka minkälaisia kamalia naamareita.

Yksi noista kaupoista oli itse asiassa aivan Taimerin lähellä. Sinnepä painelin samantien ja kysyin myyjältä mistä löytäisin naamarin Halloweenia varten. Myyjän ilmeestä päätellen en kuulunut siihen asiakaskantaan, joka niitä yleensä kyseli, mutta hän neuvoi ystävällisesti mistä löytäisin haluamani. Oli kyllä aikamoinen yllätys nähdä kuinka paljon erilaisia niitä olikaan. Koko seinusta täynnä toinen toistaan kauheamman näköisiä ilmestyksiä. Verinen possunaamari oli kyllä hurjan näköinen, mutta ei riittäisi Taimerille. Leuatonta Draculanaamaria harkitsin vähän aikaa, mutta sekään ei oikein vastannut odotuksiani. Tulehtunutta zombieta harkitsin tosi kauan, kunnes löysin sen oikean. Se oli kuin tehty Tahvoa varten. Mädäntynyt Zombienaamari. Sillä oli harmaa tukka, joka takkuisena reunusti kalvakan vihertävää naamaa, jossa rikkinäiset hampaat loistivat auki ammottavassa suussa. Kaiken huippuna oli muutama verinen naarmu otsalla. Nappasin sen mukaani ja kiirehdin kassalle. Samainen nuorukainen, joka oli neuvonut tien naamareiden luo oli nyt kassalla ja lausahti nähdessään valintani:

"Jaså, du lyckades hitta den värsta."

Eli hän väitti minun löytäneen pahimman mahdollisen naamarin. Olin siis onnistunut valinnassani ja hymyilin tyytyväisenä sanomatta mitään. Maksoin ostokseni ja pistin sen kassiini. Piilottelin koko viikonlopun Mätänevää Zombieta laukussani enkä paljastanut sitä Veikolle. Itse kävin sitä salavihkaa ihailemassa vessan uumenissa. Täytyy tunnustaa, että ensimmäisellä kerralla olin tyytyväinen, että istuin pytyllä, muuten olisi tainnut käydä huonosti.

Maanantaina konttorisiivouksen jälkeen panin hupparin päälleni ja painuin kohti Taimerin rappua. Piilotin kasvoni hupparin sisuksiin, jos Tahvo sattumoisin kuitenkin olisi ikkunassa. Huomasin, ettei ollut, sillä eihän hänellä tänään ollut siivoojan vahtimista. Painuin siivouskomerolleni, jossa huolellisesti panin naamarin päähäni. Ensimmäinen kerta, kun se nyt todella oli päässäni. Pakko vähän peilailla ja kun tein sen, pelästyin niin että meinasin itse saada sydänkohtauksen. Huohotin vähän aikaa ja yritin saada hurjasti takoavaa pulssiani rauhoittumaan. Toivuttuani aloin hiippailla kohti Tahvon ovea. Syvä hengenveto oven takana ennen Taimeritahvon ovikellon pimpauttamista. Ja

painallus. Ovikellon ääni oli kovempi kuin olin o-
sannut aavistaa ja jäi kaikumaan rappukäytäväs-
sä. Tunsin hikipisaroiden nousevan otsalleni naa-
marin alla. Kun vihdoin ääni vaimeni huhuilin pos-
tiluukusta sisään ja sanoin lempeällä äänellä:

"Det är bara hemtjänsten här. Ursäkta, jag är
lite tidig idag och glömde ta med mig nyckeln. Kan
du snälla öppna dörren?"

Väitin siis olevani kotipalvelusta ja tulevani ta-
vallista aikaisemmin. Sanoin myös unohtaneeni
avaimen ja pyysin kiltisti häntä avaamaan oven.

Jonkun aikaa odotettuani lukko rapisi. Tahvon
alkaessa availla ovea, otin äkkiä hupun pois pääs-
täni. Naamarin harmaa tukka taisi jäädä mukavasti
pystyyn. Kun ovi oli sopivasti raollaan, päästin
huuliltani karmivan huudon ja työnsin Mätänevä
Zombie-naamani aivan rullatuolissa istuvan Tai-
meritahvon kasvojen eteen. Tahvon suusta pääsi
pelästynyt, joskin yllättävän vaimea huuto, jonka
jälkeen hänen päänsä retkahti rinnalle ja taju meni
kankaalle. Katsoin edessäni elottomana istuvaa
Tahvoa ja mietin olinko saanut aikaan sen mitä
halusin vai oliko kaikki ollut ajanhukkaa. Itse asi-
assa huomasin, että herra Taimerihan muistutti vä-

hän naamariani. Senköhän takia se oli tuntunut heti oikealta? Mene ja tiedä! Gå och vet! En taaskaan jäänyt sen enempää ihailemaan työni tulosta, vaan työnsin äkkiä Taimerin oven kiinni. Otin samantien naamarin pois päästäni ja panin sen laukkuuni. Pelkäsin, että joku olisi kuullut minun ja myös Tahvon huudot, mutta ketään ei onneksi näkynyt. Ei muuta kuin huppu taas silmille ja nopea häipyminen ilman suurempaa meteliä. Sen päivän siivoukset sujuivat mukavasti Taimeritempusta saaduilla voimilla. Nyt ei ollut huolen häivää, kuten oli Munan tapauksessa. Jos Tahvo vaikka olisikin selvinnyt hengissä pelästyksestään, hän ei ollut nähnyt naamaani eikä hänen aikatauluunsa stemmannut lainkaan ajatus, että siivooja olisi ollut hänen rapussaan maanantaiaamuna. Olin kyllä melko varma onnistumisestani. Taimeritahvo oli näyttänyt kivettyneeltä zombielta kyyhöttäessään rullatuolissaan. Seuraavana päivänä heitin kaihoten hyvin palvelleen naamarin konttorilla roskasäkkiin.

Aloin olla paremmalla tuulella kuin mitä muistin olleeni vuosikausiin, jos koskaan. Se sai minut tekemään ihan outoja juttuja. Veikko ihmetteli mitä oikein oli tapahtunut, kun yhtenä päivänä aloin paistaa hänelle pihvejä. Ensin hän luuli minun tekevän itselleni ruokaa, mutta kerroin että tein ne varta vasten häntä varten. Silmät suurina hän yritti udella, mistä oikein oli kysymys. Hänen mielestään käyttäydyin aivan epänormaalisti ja hän katsoi minua kuin olisi nähnyt ensimmäistä kertaa. Vakuuttelin, ettei mitään ollut tapahtunut, vaan halusin vain muuten tehdä hänelle kerrankin ruokaa. Olin ensin tyytyväinen, että olin saanut Veikon hyvälle mielelle, mutta kuunnellessani hänen äänekästä maiskutustaan hänen syödessä ahnaasti pihvejä, aloin katua. Miksi tuo mies ei osaa pitää suutaan kiinni, kun syö? Suupielistä valuva rasva sai minut lopulta häipymään vessaan istumaan, vaikka ei ollutkaan minkäänlaista hätää tiedossa. Istuin siellä, kunnes kuulin kaljatölkin avaamisen suhinan, joka kertoi vaaran olevan ohi ja Veikon siirtyneen telkkarin ääreen litkimään lempijuomaansa.

Perjantaina tunsin taas ihanan jännityksen kutinan vatsassani ja toivoin saavani tietää olinko onnistunut. Oliko herra Taimerista aika jättänyt? Ei vilaustakaan ikkunassa. Tullessani pesutarvikkeitten kanssa ylös kellarista, Tahvon naapuri oli varta vasten odottamassa. Hänellä oli kerrottavaa:

"Tunnen itseni ihan kamalaksi, mutta olen niin tyytyväinen, kun vihdoinkin pääsin häiritsevästä naapuristani eroon."

"Ai, onko hänet vihdoinkin viety vanhainkotiin?" kysyin uteliaan näköisenä.

"Ei, vaan kuoli sydänkohtaukseen. Se tapahtui maanantaina. Hemtjänst oli tullut tavalliseen tapaan omilla avaimillaan ja löytänyt hänet ihan oven edestä pyörätuolissaan istuen. Arvelivat hänen menneen avaamaan ovea jollekin tai ehkä huutamaan apua, kun voi huonosti. Joku asukas oli kuulemma kuullut outoa huutamista aamupäivällä. Niin tai näin, oli joka tapauksessa ihan ulkoovensa edessä eteisessä. Siitä herra vietiin jalat edellä pois. Olin itse todistamassa, kun häntä vietiin. Pikkasen kyllä on huono omatunto, mutta olen vaan niin iloinen, kun olen vihdoinkin saanut nukkua rauhassa. Tunnen itseni aivan eri ihmiseksi", naapuri kertoi.

"Kyllähän ihmisen täytyy saada rauhassa nukkua yönsä. Ei siitä ole mitään syytä kantaa syyllisyyttä", lohduttelin samalla kun ihmettelin hänen yliherkkää omaatuntoaan.

Hän oli selvästi iloinen ymmärryksestäni ja lähti hyvillä mielin työhönsä ja minä omaani eli siivosin edesmenneen Taimeritahvon rapun. Työ sujui kuin leikki eikä mennyt kymmentäkään minuuttia, kun olin valmis. Siinä aika mikä meni tuon rapun siivoamiseen ilman herra Taimeria. Mikä helpotus ja ajansäästö! Hyvän olon tunteeni oli huipussaan, kun pois lähtiessäni näytin Tahvon tyhjälle ikkunalle sormea, jota olin sille jo kauan halunnut näyttää. Kuinka hyvän työn olinkaan taas tehnyt. Häiritsevä tyyppi oli poissa. Hyvä naapurille, hyvä minulle.

Muutama viikko kului ihan mukavasti, kun taas yksi häiriöntekijä oli poissa. Veikko eli niin kuin tavallista omaa elämäänsä omien sapuskoittensa kanssa ja tunsin itseni kovin rauhalliseksi ylhäisessä yksinäisyydessäni. Rauha kotona, rauha työssä. Mutta olinhan vasta selvittänyt listani alkupään, niin eihän sitä voi toivoa rauhan olevan täydellistä. Seuraavaksi listallani oli varsinainen mestari. Hänen läheisyydessään sai todella tuntea

kuinka halpa-arvoista siivoojan työ oli, hänen ko-
mennellessaan toista kuin mikäkin Hitleri. Hän sitä
paitsi piti talon yhteistä pesutupaa omanaan kuin
maailmanomistaja.

4. HIMOPYYKKÄRI

Muut asukkaat aina valittelivat hänestä, kun satuin paikalle. Muija piti omia tavaroitaan säilössä pesutuvassa ja esimerkiksi hänen silitysrautansa oli aina tiellä, kun toiset halusivat laskostella pyykkejään. Kaiken lisäksi hän oli kirjoittanut oikein uhkalapun missä varoitti toisia asukkaita käyttämästä hänen rautaansa. Ihan kuin joku toinen todellakaan olisi halunnut edes koskea mokomaan sata vuotta vanhaan vehkeeseen. Siinä oli kankaalla päällystetty johto, joka oli vuosien saatossa muuttunut melkein mustaksi, vaikka varmaankin alussa oli ollut valkoinen. Minua inhotti edes katsoa sitä, kun pyyhiskelin pöytää, jossa se aina silloin kökötti, jos rouva ei sillä juuri paraikaa silitellyt ällöttäviä liinojaan ja lakanoitaan. Joka tapauksessa, hän oli aina paikalla, kun siivosin pesutupaa ja jaksoi valittaa läpitunkevalla äänellään kuinka huonosti siivoin ja osoitella sormellaan kohtia, jotka hänen mielestään minun piti ottaa uudestaan, ne kerran jo tehtyäni. Sekään ei mennyt Himopyykkäri-rouvalle millään perille, että tuo tupa piti siivousohjelman mukaan siivota vain kerran kuukaudessa. Joka viikko rapussa ollessani, jos hän vain sattui näkemään minut, ja useimmiten sattui, sain kuulla kuinka huolimattomasti taas olin siivonnut pesutuvan.

"MINUN ei kuuluisi joutua sitä itse tekemään. Olen sentään kouluja käynyt enkä mikään siivooja. SINUN kuuluu se tehdä! Se on SINUN työsi. Me tässä talossa maksamme siitä."

Tuon lauseen olin kuullut enemmän kuin kerran enkä koskaan saanut puheenvuoroa kertoakseni, että siitä maksetaan, että siivoan sen KERRAN KUUSSA. Mielessäni taisin huutaa tuota lausetta aika kovaan ääneen Himon räyhätessä omiaan.

Kun taas olin tuossa rapussa pitkällä naamalla juuri menossa siivoamaan pesutupaa, yksi talon asukkaista tuli tuohtuneena vastaani ja valitti:

"Taas se pahuksen akka on pesutuvassa määräilemässä, vaikka minä olen varannut ajan. Usko tai älä, se silittelee sillä vanhalla silitysraudallaan äijänsä kauhtuneita kalsareita."

"Stryker gubbens slitna kalsonger", hän sanoi, jos ihan tarkkoja ollaan. Hän kun oli siis ruotsalainen niin kuin aika monet muutkin täällä Tukholmassa.

Otin osaa rouvan valitteluun ja menin itse pesutupaan tietäessäni saavani nauttia taas Himopyykkärin narisevasta seurasta siivotessani sitä. Ja kuinka ollakaan, heti päästyäni sinne hänen armonsa tuli valittamaan ja lausumaan törkeyksiä siivoamisestani ja osoittamaan tärisevällä sormellaan epäkohtia. Yritä siinä sitten siivota kun Himo kyttäsi joka ainutta liikettäni. Kun vihdoin katsoin olevani valmis, vaikka Pyykkäri oli asiasta täysin eri mieltä, lähdin kiukkua täynnä pois pesutuvasta ja jätin ämmän silittelemään äijänsä kalsareita.

Pesutuvan ulkopuolella roikkui seinässä almanakka mihin asukkaat saivat kirjoittaa varauksensa. Jäin tuijottamaan sitä ja huomasin, että Himopyykkäri oli varannut jokaikisen päivän ensimmäisen pyykkivuoron itselleen. Hullu muija, ajattelin ja samalla tajusin, että minun oli tehtävä jotakin sekä talon muiden asukkaiden että itseni takia. Samassa keksin mitä tekisin. Koska kerran Himo oli varannut ensimmäisen vuoron itselleen joka päivä, voisin toteuttaa suunnitelmani koska tahansa.

Niinpä yhtenä aamuna, joka ei suinkaan ollut sama viikonpäivä, jolloin siivoin tuon rapun, heräsin jo viideltä aamulla ja hiippailin hiljaa ovesta sisään ja kellarissa olevaan pesutupaan.

Himopyykkärin ällöttävä silitysrauta seisoi asemissaan pöydällä. Olin ottanut mukaan pienen linkkuveitseni ja aloin närhiä silitysraudan johtoa aivan seinään laitettavan osan vierestä, sen verran, ettei sitä äkkiä huomannut, varsinkaan, kun kyseinen johto jo oli repaleinen monesta kohtaa. Sen jälkeen panin vettä pesualtaaseen ja pistin johdon pään likoamaan siihen. Yritin selvitä jutusta niin, ettei johdon kangasosa kastuisi niin paljon, että sen huomaisi. Annoin sen liota siinä kymmenen minuuttia. Sen jälkeen kuivattelin kangasosaa vielä vähän pienellä pyyhkeellä, jonka olin ottanut mukaani. Tuiki tarkasti asetin silitysraudan aivan samaan asentoon kuin se oli ollut ja kuivasin ympäristön tarkkaan pyyheliinallani. Viimeiseksi vetäisin sillä vielä altaankin rutikuivaksi niin, ettei huomaisi siihen tänään jo lasketun vettä. Yhtä hiljaa kuin olin hiippaillut sisään, hiippailin ulos raikkaaseen ilmaan ja kävelin konttorisiivoukseeni.

Maltoin tuskin odottaa, että tuon paikan siivouk-seen määrätty päivä koitti. Taisin olla aika hermos-tuneen oloinen kotonakin, koska Veikkokin huo-masi minut pari kertaa ja kysyi miksi olen niin levo-ton. Käytin tilaisuutta hyväkseni ja sanoin, että meidän yhteiselämä oli aika tylsää ja että olisi kiva, jos joskus vaikka jotain tapahtuisi. Hän väitti, että tapahtui paljonkin, mutta minä en mukamas koskaan huomannut sitä. Sanoin, että jos hän luuli, että minulta oli jäänyt huomaamatta, että hän oli vaihtanut sinisen lenkin falukorviin, niin oli vää-rässä. Se oli käsittääkseni ainoa järisyttävä tapah-tuma meidän viimeaikaisessa elämässä. Veikon katsoessa suu auki, varoitin häntä nyt samantien vaihtamasta kaljamerkkiä, ettei vaimoraukka ihan pakahtuisi kaikkiin jännittäviin uudistuksiin. Veikko katsoi minua kuin halpaa makkaraa ja se on todel-la pahasti, koska täällä Ruotsissa makkara on kal-lista.

Kun vihdoin koitti päivä, jolloin tuon kyseisen rapun siivous oli, tein nopeasti valmiiksi aamutyöni toimistossa. Sitten juoksin kuin pikkutyttö täyttä vauhtia sinne. Tunsin ihanaa jännitystä vatsassani ja samalla pelkoa, että olisin paljastunut. Toisaalta arvelin, että jos niin olisi, olisin jo saanut puhelun pomolta.

Rappukäytävä oli todella hiljainen. Mennessäni kellariin hakemaan siivoustarvikkeita yritin kuulostella oliko joku pesutuvassa. Sielläkin tuntui olevan hiljaista ja ovi oli tiiviisti kiinni. Väänsin avainta lukossa ja ovi aukesi. Sytytin valon ja huomasin heti ensimmäiseksi, että silitysrauta loisti poissaolollaan. Katsoin sen yläpuolella olevaa pistorasiaa ja näin sen olevan peitetty hopeateipillä. Raotin teippiä varovasti ja huomasin, että pistorasian muoviosa oli ikään kuin sulanut puoliksi ja sen yläpuolella oleva seinä oli mustunut. Painoin nopeasti teipin takaisin ja painuin hakemaan työtarvikkeeni komerosta ja lähdin siivoamaan rappua. Aloin jo epäillä, etten saisi vastausta Himopyykkärin tapauksessa, koska kukaan asukkaista ei tuntunut olevan liikkeellä. Oliko täti saanut kyytiä vai oliko vain tukka noussut pystyyn?

Harmittelin rapun epätavallista hiljaisuutta ja yritin viivytellä, että olisin tavannut edes jonkun ihmisen. Lopulta ei auttanut muu kuin jatkaa seuraavaan paikkaan. Uskoin jääväni tietämättömäksi

Himo-pyykkärin kohtalosta, kun minua vastaan tulikin Gubben kalsareista informoinut nainen. Pidin huolta, että hän varmasti huomaisi minut ja tervehdin iloisesti ja kysyin mitä hänelle kuului. Hän kertoi kuuluvan pelkkää hyvää, jonka jälkeen hän kiirehti kysymään:

"Oletko jo kuullut uutisen?"

"Minkä ihmeen uutisen?" kysyin ihmettelevän näköisenä.

"No, se täti, josta valitin sinulle viimeksi, joka silitteli sen ukon kalsareita sillä vanhalla silitysraudallaan. Hän ei nyt enää silittele yhtään mitään. Sai sellaisen sähköiskun, kun pisti johdon seinään, että sydän pysähtyi siihen paikkaan. Sen ukko oli ihmetellyt missä vaimo viipyy ja mennyt lopulta katsomaan ja löytänyt naisen kuolleena pesutuvan lattialta silitysrauta vieressään. Se vanha rauta oli niin kulunut, että pisti topin koko systeemiin pesutuvassa. Kaikki proput olivat palaneet niin että ukko ei meinannut löytää vaimoaan, kun kaikki oli pimeenä. Et arvaa kuinka usein katselin sitä vanhaa silitysrautaa ja mietin, että se on kyllä hengenvaarallinen ja pitäisi totisesti heittää pois. Mutta en olisi uskonut, että se todella veisi jonkun hengen. Eikä sille naiselle kyllä uskaltanut sanoa yhtään mitään. Se oli niin pahansuopa täti."

"Totta! Minunkin perässäni kulki koko ajan ja valitti siivouksesta. Jopas jotakin! Ihmettelinkin, kun tänään oli niin rauhallinen olo kun siivoilin teidän porrasta. Ilmankos. Mitähän sen mies nyt tuumaa?" sanoin yrittäen saada pientä empatian häivää ääneeni.

"Suoraan sanoen luulen, että se on vain tyytyväinen, kun nalkuttihan se sillekin koko ajan."

"Ai niinkö? No, varmaan parempi olo ryppyisissä kalsareissa ja rauhassa kuin siloisissa nalkuttavan akan vieressä."

Aloimme nauraa kumpikin ääneen, kunnes vakavoiduimme ja oikeasti yritimme kauhistella tapahtumaa. Se toi meille kummallekin hyvän omantunnon ja erosimme toisistamme rauhoittuneina. Tuon ihmisen tyytyväiset kasvot muistuttivat kuinka tarpeellista oli ollut tehdä jotain Himopyykkärin asiassa. Mikä pesunkestävä hyväntekijä olinkaan!

Työt sujuivat taas vähän paremmin ja kotonakin oli suht hiljaista, jollei Veikon maiskutusta ja kaljan juomisen mukanaan tuomia hälyääniä lasketa. Olin nimittäin aika kyllästynyt niihin.

Meidän kämppä kun oli sen verran pieni, ettei ollut muuta mahdollisuutta paeta kuin vessaan eikä siellä jaksanut aina istua, jos ei halunnut itselleen peräpukamia kaupan päällisiksi. Päätin ostaa apteekista kuulosuojaimia ja panna ne korviini nähdessäni Veikon aloittavan syömisen ja juomisen. Ärsyttävien lässytysäänien ohessa huomasin olevani vähän huolissani Veikon ruokavaliosta. Yritin kerran vihjaista hänelle, että kannattaisi vähän miettiä mitä suuhunsa pistää ja ainakin joskus syödä vähän monipuolisemmin kuin mitä falukorvi ja kalja pitivät sisällään. Hän väitti, että hänen ruokavalionsa kyllä on kovinkin vaihtelevaa ja ettei se kuulunut minulle. Niin, mitäpä tuo nyt minulle kuuluisi, kunhan pikkuhetken leikin huolehtivaa vaimoa. Tiesin satavarmasti, että ainoa vaihtelevuus hänen ruokavaliossaan oli se, että hän otti aina erikokoisen siivun mokomasta rasvapötköstä. Tämä pieni juttutuokio Veikon kanssa taas muistutti minulle kämppääni muuttaneesta poikamiehestä. Minä sain kuitenkin olla se, joka tuon vanhanpojan

saatteli sairaalaan, kun jalka tuli armottoman kipe-
äksi ja turpoi hervottoman kokoiseksi.

Sairaalaan lähtö viivästyi siksi, että minä menin heti ehdottamaan sitä nähdessäni hänen jättijalkansa pilkottavan lahkeen alta. Minä kuulemma yritän alvariinsa määräillä häntä ja päättää milloin lähdetään minnekin. Hän sanoi itse tietävänsä parhaiten ja väitti, että jalka paranisi parissa päivässä. Itse olin varma, että Veikko oli saanut veritulpan jalkaansa, mutta auta armias, kun varovasti vihjasin hänelle sellaista.

"Akka luulee olevans joku lääkäri, vaik ei ossaa muut ku siivot", hän raivosi ja painui pitkäkseen sängylle.

Parin päivän parantelu oli tehnyt jalasta vieläkin paksumman ja lopulta Veikko valtuutti minut taluttamaan hänet akuuttiin. Veritulppaa hänellä ei ehdottomasti vieläkään ollut, kunnes muutaman tunnin ja röntgenkuvan päästä oikea lääkäri tuli sanomaan samaisen diagnoosin. Veikko katsoi minua vihaisesti, ihan kuin minä olisin sanomiselläni taikonut tulpan hänen jalkaansa. Katse sai minut ihmettelemään, että eiköhän vaan äijällä ole joku pakkauma päässäkin. Tuo ajatus sai oloni tuntumaan vähän paremmalta. Käänsin katseeni pois ja hymyilin hurmaavasti herra tohtorille, joka jostain kumman syystä katsoi meitä ihmettelevän näköisenä. Jotain toimenpiteitä Veikolle siellä sairaalassa tehtiin, mutta jo saman päivän iltana hän sai lähteä kotiin. Hänelle määrättiin verta ohentavaa lääkettä. Sitä hän alkoi sitten ottaa päivittäin makkaran ja kaljan ohessa ja monipuolisti näin tuntuvasti ruokavaliotaan.

Ei siitä minun kohdallani sitten elämä taas muuttunutkaan sen enempää kuin että kerran sain taas kuljettaa Veikon akuuttiin, kun hän voi niin huonosti. Siellä selvisi, että herra oli vahingossa yhtenä päivänä ottanut tupla-annoksen lääkettä ja veripä oli tullut aivan liian ohkaiseksi. Hän oli melkein onnistunut tappamaan itsensä. Apteekin kautta kotiin doseringsdosan kanssa.

"Hyvä, että sait doseringsdosan, ettei tule enää vahinkoja", yritin ystävällisesti sanoa, kun vihdoin sain suunvuoron matkalla apteekista kotiin.

"Se o annostelurasia suomeks", valisti kaikkitietävä puolisoni, kääntääkseen huomion pois omasta mokastaan. No, oli mikä oli. Nyt se oli hankittu ja elämä oli taas täysin entisissä maiskutus-, kalja- ja falukorviuomissaan.

Kun oli kulunut jonkun aikaa ihan mukavasti siivoilussakin, Rusinamummo alkoi olla liian rasittava. Jos oli ennen trampannut pikkupurkillisen rusinoita rappukäytävän lattialle omassa kerroksessaan, nyt niitä näytti olevan monta kiloa ja joka ikisessä kerroksessa. Ihmettelin miten tuo vanha heikko mummo saikin ne juuttumaan niin lujasti lattiaan, ettei ilman klikkiä saanut niistä irti yhtäkään. Ai, että mikä on klikki. No sellainen vehje, minkä sisällä on partakoneenterä ja sillä sitten rapsutellaan pois lujasti juuttuneita juttuja mistä milloinkin.

Tuon rapun siivoaminen oli ruvennut viemään aivan liian kauan aikaa, puhumattakaan, että se vei aivan liikaa voimia. Niin kuin ei mukamas mokomat rusinat olisi riittäneet oli vielä toinenkin haittaava tekijä. Rusinamummon luona nimittäin kävi säännöllisesti hoitaja, joka toi hänelle sekä ruoan että lääkkeet. Tuolla kyseisellä hoitsulla oli samassa rapussa parikin mummelia hoidettavana ja hänpä oli keksinyt, että jätti Rusinan oven ulkopuolelle ruokaa ja lääkkeitä sisältävän kassinsa siksi aikaa, kun oli toista mummoa hoitelemassa. Yritin vihjaista hänelle, että kassi haittaa siivoamistani, rusinapelto kun oli kukkeimmillaan juuri tuon oven edessä. Niinpä rapsuttaessani edesmenneitä viinirypäleitä lattialta, jouduin koko ajan siirtelemään tuota kassia paikasta toiseen. Se oli minulle liikaa! Hiki nousi aivan tarpeeksi pintaan jo rapsutellessa, ei siihen tarvittu jotain kassinnostelua lisukkeeksi. Mutta hoitsupa ei tietenkään vihjettä ymmärtänyt ja katsoi minua kuin outoa ilmestystä. Eihän nyt yksi kassi voi mitenkään häiritä, kun sentään oli siinä vain muutaman minuutin. Sumeilematta hän jätti kyseisen pussukan lojumaan oven eteen sen enempää asiaa ajattelematta. No, tulipa vaan taas esille kuinka paljon siivoojan toivomukset merkitsevät. Ei rusinan vertaa.

Lopulta tuo ainaisesti lattialla lojuva kassi sai uteliaisuuteni heräämään ja niinpä kurkkasin sen sisään. Mitähän ruokaa se pikkumummeli oikein sai syödäkseen? Jotain ihme fläskgrytania eli läskipataa Rusina sai sinä päivänä. Kurkkasin myös hänen lääkepurkkiaan ja huomasin, että sielläpä oli ihan tutun näköisiä pillereitä. Noitahan se Veikko napsi joka päivä. Taisipa Mummolla olla vähän verivaikeuksia, kun kaksi kokonaista tablettia oli pantu häntä varten. Jatkoin siivoamista, kunnes vihdoin sen viikon Operaatio Rusina oli selvitetty. Pahantuulisena lähdin kohti seuraavaa rappua. Olin raivon taikinoissani. Olin saanut tarpeekseni. Tajusin, että minun oli pakko siirtää Rusinamummo seuraavaksi listassani. Häntäpään paikka ei enää kuulunut hänelle. Oli vain keksittävä keino millä hänet voisi auttaa pois turhasta rusinanviljelijäelämästään. Tätihän oli jo niin vanhakin, että tuskin enää halusi elää. Ainakin näytti jo itsekin rusinalta.

5. RUSINAMUMMO

Veikolla oli kumma tapa. Aina kun sai uuden reseptin lääkäriltä hän avasi uuden purkin, vaikka vanhassa oli vielä jälellä. Hän ei kuitenkaan heittänyt niitä pois, vaan keräsi niitä keittiön hyllylle kuin jotain voittopalkintoja. Hän oli selvästi ylpeä siitä kuinka paljon noita purkkeja jo oli koossa. Hän katseli usein tuota hyllyä ylpeys silmissään. Ihmettelin mistä oikein on kysymys, kunnes kuulin hänen kerran puhelimessa juttelevan parhaan kaverinsa Peran kanssa ja kehuskelevan hymy huulilla purkkikokoelmaansa. Hymy hyytyi nopeasti Peran sanoessa jotain toisessa päässä lankaa. Veikko lopetti puhelunsa lyhyeen ja meni keittiöön laskemaan purkkinsa. Menin perässä ihmetellen, mistä oikein oli kysymys. Veikko tähdensi taas heti, ettei asia millään tavalla kuulu minulle, mutta sanoi kuitenkin Peran olevan johdossa lääkepurkkikilpailussa. En voinut tajuta, että joku kilpaili kuinka monta purkillista rotanmyrkkyä oli pistänyt naamaansa, mutta katsoessani Veikkoa, tajusin, että kaikki oli mahdollista, kun hänestä oli kysymys. Ilmeisesti hän oli Perassa löytänyt itselleen hengenheimolaisen. Pera oli myös kotoisin Porista, vaikka olivatkin Veikon kanssa tavanneet vasta täällä Tukholmassa. Puhui kuitenkin samaa omituista kieltä kuin Veikko ja kuulemma myös konkeloitti töihinsä. Sama tauti oli Peralla kuin Veikolla ja siitä näköjään kilpailtiin. Itse päätin, että sairastuinpa mihin tahansa tautiin, siitä ei koskaan tulisi minulle joku meriitti. Sairaus on sairaus. Se on huono asia! Haloooo!

No, Veikonpa mitalipurkit saivat mielessäni kehittymään ajatuksen millä Rusinamummon voisi kiidättää nopeammin kohti autuaita rusinataivaita. Olihan Veikko melkein kuollut liika-annostukseen niin mikseipä vanha mummeli, jolla oli jo puolitoista jalkaa haudassa. Niinpä salaa nappasin Veikon purkeista muutaman pillerin taskuuni. Niille olisi käyttöä uudella armahtajan urallani. Seuraavan kerran tullessani Rusinamummon rappuun, tajusin todella olevani taas tekemässä jotain mikä hyödyttäisi itseni lisäksi monia muita. Tuskin talon asukkaat olivat kovin iloisia makeasta lattiasta, johon kengät jäivät kiinni. Sain vielä vakuuden asialle, kun vastaani tuli eräs heistä ja sanoi minulle:

"Tästä on kyllä tavalla tai toisella tehtävä loppu! Joka paikka täynnä rusinoita! Olen niin kyllästynyt niihin, enkä todellakaan ole ainoa."

Otin kovasti osaa ja sanoin ymmärtäväni ja toivovani, että siitä todella kohta tulisi loppu. Toivotettuamme toisillemme hyvää päivänjatkoa, hän lähti omaan työhönsä ja minä omaani eli siivoamaan rappua. Klikki oli valmiina viritettynä taskussani taas loputonta urakkaa varten. Haettuani pesuveden kellarista kuuntelin tarkkana milloin Rusinamummon hoitaja saapuisi ja kohta hän tulikin tavalliseen aikaansa. Hän jätti taas Rusinan kamat oven taakse ja lähti hoitamaan toista potilastaan. Kurkkasin nopeasti kassiin ja totesin: "Jaaha, pikkumummeli saa tänään oikein lihapullia perunamuusin kera." Melkein alkoi nälkä kurnia vatsassa. Mutta nyt en saanut unohtaa tärkeintä. Lihapullat eivät nyt kiinnostaneet meikäläistä vaan aivan toisenlaiset pallerot nimittäin pillerit, jotka olivat ruoan vieressä omissa pikkupurkeissaan. Yhdessä oli noita tuttuja pillereitä. Ilokseni huomasin, että tänään pillereitä oli vain yksi, joka kertoi, että hän sai niitä eri määriä päivittäin. Poikkeuksia ei niin helpolla huomaisi. Otin purkin varovasti esiin ja huomasin, että kansi oli teipattu huolellisesti kiinni. Minuapa ei yksi teipinpätkä pysäyttäisi. Irrottelin sitä, kunnes sain kannen avautumaan sen verran, että sain sujautettua sinne taskussani olevat pillerit.

"Oho! Putosivat vahingossa kaikki. Voi ei! Niitä oli peräti kolme. Tarkoitukseni oli laittaa vain tupla-annos, mutta sinnepä sujahtikin koko satsi, mitä taskusta löytyi. "

Pillerit kuitenkin olivat jo purkin pohjalla ja jotta voisin saada niistä osan pois olisi avattava teippi kokonaan ja se paljastaisi minut. Ei auttanut muu kuin painaa avattu osa teippiä takaisin paikoilleen juuri samalla tavalla kuin se oli ollutkin. Onneksi en ollut enää mikään uusi tekijä ja siksi olinkin varustautunut kertakäyttöhanskoilla. Sormenjälkiä ei löytyisi mistään.

Jatkaessani siivoustani, mieleeni tuli kauhukuvia siitä, että hoitaja huomaisi lääkkeiden lisääntyneen purkissa, jos vaikka oli ne itse laittanut rasioihin. Päätin hidastella töissäni niin että kuin sattuman kaupalla tapaisin hoitajan hänen tullessa Rusinamummon luo. Pieni kyselytuokio hänen kanssaan oli nyt paikallaan. Pyyhin antaumuksella sen kerroksen seiniä hänen saapuessaan. Tervehdittyäni, aloin muina miehinä udella minkälaista hänen työnsä oli. Väitin itse kyllästyneeni siivoukseen ja siksi kyseleväni. Hän oli halukas heti kertomaan työstään ja väitti sen olevan ihan mukavaa. Intoutui kertomaan, että joskus mummot ja papat olivat pahalla tuulella ja silloin niitä kuulemma piti varoa. Hän kuvaili, miten kerran eräs papparainen oli vetänyt häntä nyrkillä silmään.

Hänen naureskellessaan mustaa silmäänsä, aloin kysellä mitä kaikkea hänen työhönsä sitten kuului. Kysyin pitikö heidän valmistaa ruoka ennen tuloaan. Hän kertoi, että ruoat tulivat valmiina keskuskeittiöstä ja alkoi ihan itsestään kertoa miten heidän toimistossaan myös työskenteli koulutettu sairaanhoitaja, jonka vastuulla oli lääkkeiden laittaminen valmiiksi kunkin vanhuksen ruoan yhteyteen. Näin sain siis vastauksen kaikkeen mitä tarvitsin ja kiitin häntä ja sanoin harkitsevani, jos vaikka vaihtaisin työtä. Hän meni Rusinan oven luo, otti kassin lattialta, avasi oven ja toivotti hyvää päivänjatkoa. Minä toivottelin sitä samaa ja tein nopeasti työni ja poistuin paikalta.

Viikko Mummoa miettiessä oli pitkä. Pelkäsin todella kärähtäväni tekosistani. Mitä, jos joku naapuri oli nähnyt minut kaivelemassa Rusinan ruoka- ja lääkekassia ja kertonut siitä. Työnjohtajakin soitti ja olin varma, että nyt joutuisin kuulusteluun, mutta hän soittikin ihan muissa asioissa.

Kun vihdoin oli Rusinamummon rapun siivouspäivä olin todella hermostunut. Mennessäni ovesta sisään huomasin, ettei ainakaan entrékerroksessa ollut yhtäkään rusinaa. Se oli epätavallista ja olin toiveikkaampi mennessäni kellariin hakemaan siivoustarvikkeitani.

Ajelin hissillä yläkertaan ja aloitin siivoukseni. Tuntui kuin taskussani oleva klikki olisi ihmetellyt mistä on kysymys, kun en tarvinnut sitä kertaakaan. Kun tulin Rusinan kerrokseen, huomasin mummon oven olevan auki. Pölynimurin pörinä kaikui käytävälle asti. Siellä oltiin siis touhuamassa siivouksen parissa. Kolauttelin harjaa lattiaan ja pikkuisen "vahingossa" Mummon oveenkin niin että eräs nainen tuli ovelle ja pyysi anteeksi, että piti sitä auki. Hän kertoi olevansa siivoamassa äitinsä kämppää ja tunsi, että ei saanut tarpeeksi tuuletettua pelkän ikkunan kautta ja oli siksi avannut oven rappukäytävään. Sanoin, ettei se haittaa ollenkaan ja kyselin mitä Rusinamummolle kuului, joskin kutsuin häntä tyylikkäästi "vanhaksi rouvaksi".

"Periaatteessa ihan hyvää", hän vastasi, jolloin minä melkein meinasin pyörtyä. Pystyin onneksi peittämään ihmetykseni ja tytär alkoi kertoa, että hänen äitinsä nyt vaan oli niin vanha, että he olivat nähneet parhaaksi siirtää hänet vanhainkotiin. Hän kertoi heidän löytäneen tosi mukavan paikan. Oli pakko tehdä sellainen järjestely, koska äiti oli ruvennut harrastamaan "självmedicinering" eli itse lääkinnyt itseään. Mummo oli ollut lähellä kuolla sisäiseen verenvuotoon ja olikin tällä hetkellä sairaalassa hoidossa sen takia. Rusina siirrettäisiin "tosi mukavaan paikkaan" sairaalahoidon jälkeen. Kuuntelin ihmeissäni ja ristiriitaisin tuntein. Ei ollut ihan se mukava paikka, minkä itse olin suunnitellut Rusinamummoa varten. Tavallaan olin helpottunut, että mummo yhä oli elossa, mutta siirtyisi kuitenkin pois kuvioista. Samalla oli vaikea niellä ensimmäistä epäonnistumistani. Rusinan tytär katsoi vähän ihmetellen minua, kun jäin mietteisiini ja seisoin tuppisuuna hänen edessään. Katkaistakseen hiljaisuuden hän yhtäkkiä kysyi:

"Pidätkö muuten rusinoista? Äidilläni on niitä ainakin sata purkillista. Jos haluat, voit mielellään saada muutaman purkin."

"Joo, kyllähän rusinat ihan hyviä on", mongertelin ja tytär lähti keittiöön ja tuli hetken päästä kymmenen rusinapurkkia käsissään ja ojensi ne minulle. Kiittelin kovasti ja tytär sulki oven nenäni edestä. Seisoin vähän aikaa jähmettyneenä rusinavuori käsissäni ja yritin ymmärtää mistä oikein oli kysymys. Jotain oli mennyt pahasti pieleen.

Lähdin kulkemaan rappuja alas viedäkseni rusinat kellariin odottamaan, että olisin valmis siivouksestani. Kuljin kuin horroksessa ja kerrosta alempana minun oli pakko avata yksi rusinapurkeista, tyhjentää se lattialle ja talloa niitä kunnes ne kaikki olivat liiskana lujasti lattialla. Sen jälkeen menin viemään loput rusinat alas siivouskomerolleni. Takaisin tullessani aloin klikillä irrottamaan juuri tallomani rusinat samalla, kun normaaliin tapaan manailin Rusinamummoa kuin hän olisi ollut syyllinen. Se helpotti kummasti oloani ja lopulta tein työni valmiiksi ja lähdin rusinoitteni kanssa kotiin.

Olin sanonut jäähyväiset Rusinamummolle. Olin toki onnistunut saamaan hänet pois rapustani, mutta en voinut antaa itselleni täyttä kymppiä suorituksesta. Pahuksen rusinapurkit kassissani tuntuivat painavan tuhat kiloa. Selvä rangaistus huonosti suoristetusta työstä. Omaan suuhuni ei eksyisi ainokaistakaan rusinaa. Pelkkä ajatus puistatti. Toivottavast Veikko suostuisi syömään niitä niin että loppuisivat nopeasti ja Rusinamummo näin jäisi lopullisesti unholaan. Yleensä kaikki mikä oli ilmaista upposi häneen.

"Kuinka kauan yhdeksän rusinapurkin selvittäminen oikein kestää", mietin kiukkuisena Veikon mässytellessä niitä ilta toisensa jälkeen. Tunsin koko Rusinamummokeikan epäonnistuneen. Yksi vaivainen mummeli pilaa koko statistiikan. Enhän osannut edes vetää viivaa hänen ylitseen listassani. Ajattelin että vedän tuon viivan sitten kun Veikon lässyttävä suu lakkaa muistuttamasta asiasta. Kuinka ollakaan! Rusinat, kun vihdoin loppuivat, niin Veikkopa tuli kaupasta pari rusinapurkkia kainalossaan ja selitti, että oli niin päässyt rusinoitten makuun, ettei enää pärjännyt ilman niitä. "Kakka huilaa ko ihmise mieli, ko syö rusinoit. Mennee tieks vatta valla vekkulil", valisti maestro Pötsi. Kuultuani tuon lauseen, oli vähällä etten tarttunut lähellä olevaan kaulimeen ja täräyttänyt sillä herran kalloa vekkuliksi. Olisipa vain tiennyt missä tämän ihmisen mieli huilaili. Tyydyin vain sanomaan, että valitettavasti herran peräsuoli ei minua kiinnosta, samalla kun mietin pitäisikö hankkia kunnon marmorikaulin tuon vanhan puisen sijaan.

Unohtaakseni epäonnistuneen Operaatio Rusinamummon yritin keskittyä listani seuraavaan yksilöön. Sikäli se ei ollut vaikeatakaan, että hänestä oli tullut yhä ärsyttävämpi ja ärsyttävämpi. Tyypin sotkujen korjaamiseen tarvittiin paitsi fyysisiä myös psyykkisiä voimia. Rusinamummon jälkeen varsinkin viimeksi mainittu alkoi olla pikkasen vähissä. Kyseinen herra asui Vasastanin kaupunginosassa ja oli päivät pitkät kaljaa litkivä ketjupolttaja ja iänikuinen suunsoittaja.

Hänen nimensä oli Timo Molander. Vaikka hänellä olikin suomalainen etunimi, hän oli täysin ruotsalainen. Intoutui kerran kertomaan minulle, huomattuaan suomalaisen korostukseni, saaneensa nimensä erään isänsä työkaverin mukaan, jonka kanssa isänsä oli perustanut jonkun firman juuri Timon syntymän aikoihin. Oli kuulemma ollut mukava kaveri, kunnes eräänä päivänä tyhjensi firman tilit ja karkasi ulkomaille. Tumppi kertoi halunneensa vaihtaa nimensä, mutta päättikin pitää sen muistutuksena, ettei vain koskaan enää luottaisi suomalaiseen ihmiseen. Tajusin, että tyyppi vihasi minua vain sen takia, että olin sattunut syntymään samassa maassa kuin tuo petturi. Teki mieli puolustautua, mutta kaksimetrisen korston ilme kertoi, että parasta olla vain hiljaa. Piti myös tottua tervehdykseen, jonka sain joka kerta, kun satuin törmäämään häneen:

"Finnjävel!"

No, eipä tuo tervehdys niin olisi haitannut, mutta hänellä, kun oli tapana litkiä kaljaansa ja tupakoida ulko-oven rapuilla, jotka valitettavasti myös kuuluivat meikäläisen siivousalueeseen. Sain jatkuvasti valituksia talon asukkailta noista tumpeista. Joka ikinen kerta nuo kahden askelman raput olivat täynnä tupakantumppeja ja kaljapullonkorkkeja. Kaljaa kyseinen herra kävi hakemassa aina Saksasta saakka ja hänellä olikin kellarikomero täynnä laatikoita, joissa oli tuota ihmejuomaa. Yhtenä päivänä Timppa kännipäissään kehuskeli kalja-arsenaalillaan, vaikka kananverkkovarastonsa oli vuorattu pahveilla niin ettei sinne vahingossakaan voinut nähdä sisälle. Olivat pulloja, joissa sai korkin takaisin suljettua, kuulin hänen kerran kehuskelevan ja esittelevän ylpeänä ryyppykaverilleen. Ihan kuin mokoma puliukko olisi joskus laittanut pullon takaisin kiinni sen avattuaan. Hänellä oli myös vaimoraukka, jota ajankulukseen mukiloi aina tilaisuuden tullen. Jos tuo naisparka joskus kodin ulkopuolella näkyi, hänellä oli ainakin yksi musta silmä, vaikka useimmiten olivat molemmat ummessa. Yritin joskus puhua tuon ihmisparan kanssa, mutta hän vain käski minun hoitaa omat asiani. Oli kuulemma vain niin kömpelö, että aina kaatuili ja törmäili oviin. Näin kyllä pelon hänen silmissään, vaikka hän yritti näyttää siltä kuin kaikki olisi hyvin. Tuon naisraukan katse sai minut suunnittelemaan toden teolla miten Timpasta pääsisi eroon. Kerätessäni sadannetta tumppia rikkalapiooni, suunnitelma alkoi kehkeytyä mielessäni. Ehkäpä voisin hyödyntää ällöttävät tupakanjämät ja niillä saada Tumppi-Timppa toimettomaksi. Vein täynnä tumppeja olevan rikkalapion alas kellarissa olevaan siivouskomeroon. Otin esiin ämpärin johon panin vähän vettä ja kaadoin tumpit sinne likoamaan. Piilotin ämpärin komeroni perimmäiseen nurkkaan ja peitin sen muovisäkillä. Tiedä häntä, onko nikotiinimyrkytys toimiva mokomalle korsteenille, mutta jotain oli tehtävä, enkä nyt tähän hätään keksinyt muutakaan. Sitä paitsi, jos oikein olen ymmärtänyt, tupakantumpeissa on paljon muutakin myrkkyä kuin nikotiini. Kävin saman tien kurkkaamassa Tumpin varastoa ja huomasin, että voisin kyllä murtautua sinne avaamalla oven saranat. Tekisin sen, kun olisi ilmiselvää, että herra olisi kaljanhakumatkalla Saksassa. Nyt oli oltava kärsivällinen. Tämäpä ei ollutkaan mikä nopea keikka vaan veisi viikkoja, että saisin kehiteltyä

kunnon myrkyt. Jotenkin se sai vatsani kutittele-
maan innosta. Minusta oli selvästi tulossa mestari.

Niinpä joka viikko keräilin innolla Timpan tump-
peja ja pistin ne ämpäriin likoamaan. Muutaman
viikon päästä se oli aikamoista mustaa mönjää,
joka kyllä haisi melkoisen pahalle. Onneksi muovi-
säkki johon olin lopulta laittanut koko ämpärin, piti
pahimmat hajut sisällään niin ettei lemu sentään
levinnyt siivouskomeron ulkopuolelle. Nyt piti vaan
odotella merkkejä siitä, että Tumppi lähtisi Sak-
saan. Kerran sitten rappuun mennessäni Tumppi-
Timppa tuli vastaan matkalaukun kanssa. Taisipa
äijä olla matkalla luvattuun maahansa.

"Deutschland, Deutschland über alles", ajattelin
mielessäni, kun toivotin hänelle "trevlig resa" eli
hyvää matkaa. Vastaus tuli kuin pyssyn suusta:

"Håll käften, finnjävel!" eli "Turpa kiinni, suoma-
laispiru!"

Nuo sanat saivat minut entistä nopeammin kii-
rehtimään kellariin. Hain siivouskomerostani ruuvi-
meisselin, jonka olin varannut oven saranoita var-
ten. Sain ruuvit helposti irti ja näin ovi aukeni Tum-
pin aarreaittaan. Varasto oli puolillaan pullolaati-
koita ja selvästi Timppa oli tehnyt taakse tilaa uu-

sia varastojaan varten joita oli noutamassa. Otin kiinni etumaisesta kaljalaatikosta, joka oli parin muun laatikon päällä. Huomasin sen painavan aivan liikaa. Mitä tehdä? Pullojen vieminen siivouskomeroon pari kerrallaan veisi liian kauan aikaa.

"Painaa kuin synti", sanoin itsekseni katsellessani laatikkoa ja miettiessäni.

Se sai ajatukseni luovuttamisen sijasta miettimään Timpan synnillistä elämää ja keksimään keinon. Kellarikäytävässä oli rivissä lastenvaunuja, joita äidit säilyttivät siellä. Hain nopeasti yhdet sellaiset ja se olikin juuri sopivalla korkeudella niin että pystyin hivuttamaan laatikon sen päälle. Kuljetin laatikon komerolleni, mutta siellä minun oli pakko saada se nostettua. Pelonsekainen innostukseni antoi voimaa ja sain kuin sainkin laatikon lattialle pullojen kilistessä kuin Turun Tuomiokirkon kellot. Hiestä märkänä juoksin äkkiä viemään vaunut takaisin paikoilleen ja sitten sulkemaan Timpan kellarikomeron oven. Huokaisin helpotuksesta, kun onnistuin saamaan oven näyttämään normaalilta ilman, että ruuvasin saranoita kiinni. Säästyin näin paljon turhalta työtä. Tämä kun tuntui olevan aika vaativa homma muutenkin. Kokeilin avata yhden pullon ja laittaa sen uudestaan kiinni. Se tosiaan toimi. Korkin pystyi laittamaan uudelleen kiinni. Avasin pullon vielä kerran ja kuin tahtomattani vein sen huulilleni ja hörppäsin siitä kulauksen.

"Hyi että! Kuinka joku voi tykätä, että kalja on hyvää?!"

Laatikossa oli kaksikymmentäneljä pulloa. Tein suunnitelman ennen kuin ryhdyin toimeen ja otin tratin esiin. Timppa joi kaljojaan järjestyksen mukaan. Se näkyi selvästi siitä miten laatikot oli aseteltu. Uusille laatikoille oli tehty tilaa takana, joten etummaisena oleva laatikko oli se, josta juotaisiin seuraavaksi. Tumppi oli jättänyt selvän vinkin siitä minkä pullon hän tulisi juomaan ensimmäiseksi, kun taas olisi maisemissa. Yksi ainut tyhjä pullo uloimpana oikealla kertoi järjestyksen. Ilmiselvästi hän joi pullojaan oikealta vasemmalle. Kiitos vain vinkistä Tumppiseni! Päätin laittaa ensimmäiseen täysinäiseen pulloon vain pikkaisen nikotiinimömmöä, jottei maku paljastaisi sitä. Sitten lisäsin määrää jokaiseen seuraavaan pulloon. Tiesin, että Timo veti niitä pullotolkulla, kun sille päälle sattui ja useimmiten sattuikin juuri sille päälle. Pidin siivouskomeroni oven tiukasti kiinni, koska tällä hetkellä se haisi olutpanimon ja tupakkatehtaan yhteenliittymältä. Tuntui, että tukehtuisin, mutta työ oli tehtävä.

Lopulta olin saanut mömmöä kaikkiin pulloihin ja viimeisessä se oli jo todella vahvaa. Muutama litra kaljaa oli löytänyt tiensä viemäriin, kunnes työni oli valmis. Menin tarkkailemaan kellariin, ettei ketään asukasta vain ollut näkyvillä ja avasin oven Tumppi-Timpan varastoon ja hain lastenvaunut. Sitten juoksin nopeasti komerolleni hakeakseni pullolaatikon. Voimani olivat niin loppu, etten millään saanut nostettua laatikkoa vaunujen päälle. Mitä ihmettä tekisin? Pelkäsin. että juttu veisi liikaa aikaa ja joku asukas saapuisi paikalle. Pahimmassa tapauksessa kyseisen lastenvaunun omistaja. Lopulta otin pois puolet pulloista niin että jaksoin nostaa korin vaunulle. Ei muuta kuin äkkiä pullot takaisin koriin ja juoksujalkaa Tumpin komeroon. Onneksi siellä oli helpompaa siirtää kori entiselle paikalleen eli täsmälleen samaan paikkaan mistä olin sen ottanut. Pystyin vetämään sen suoraan vaunuista omalle paikalleen. Tarkistin vielä kerran, että korkit olivat hyvin kiinni ja mömmöt sekoittuneena kaljoihin. Kaikki tuntui olevan kunnossa.

Suljin oven ja nappasin nopeasti ruuvimeisselin taskustani ja ruuvasin saranat kiinni. Huh, mikä urakka! Hiki virtasi otsalla viedessäni lastenvaunut paikoilleen ja kuinka ollakaan silloin kellarin ovi avattiin. Juoksin kuin gepardi komerooni piiloon ja onnistuin lymyämään siellä kunnes asukki lähti pois.

Hiippailtuani varovasti pois piilopaikastani sain huomata, että juuri lainaamieni vaunujen omistaja oli hakenut ne. Arvaa tuntuiko hyvältä? Ajattele miten loistava olin ollut ajoituksessani. Tahtomattani purskahdin nauruun. Lopulta huokaisin pitkään helpotuksesta. Kuukausien urakka oli tältä erää hoidettu. Nyt vain odottelemaan, että herra Tumppi palaisi janoisena pyhiinvaellusmatkaltaan. Kun vihdoin pääsin ulos raittiiseen ilmaan, vastaani tuli Timpan vaimo. Selvästi tuo ihminen voi paremmin, kun mies ei ollut kotona tyrannisoimassa. Ei kyllä uskaltanut vieläkään tervehtiä meikäläistä kunnolla. Naisparka, toivottavasti pystyn auttamaan häntä!

Odottaminen teki minut levottomaksi ja olin kovin epävarma saisiko suunnitelmani aikaan toivomani lopputuloksen. En kyllä millään kestäisi uutta fiaskoa. Viikon päästä herra T-T tuli kotiin ja vaimon naamaa taas koristi musta silmä. Tumppi nautiskeli kaikessa rauhassa kaljojaan ja veti tupakkaa samaan tahtiin kuin aina ennenkin. Pulloja oli varattu useampia, joten kiittelin onneani, että ainakin herralla oli oikea vauhti päällä. Lausuttuaan normaalin suomalaiskehuskelun jälkeeni, hän jatkoi litkimistään ja mielessäni toivottelin hänelle antoisaa kaljanjuontia. Työni tehtyäni ja lähtiessäni siivouskomerostani, kuulin hänen kolistelevan pullojaan varastossaan. Hän oli hakemassa lisää kaljaa. Sopi minulle oikein hyvin. Lähdin tyytyväisenä muihin töihin.

Seuraavalla viikolla tumppeja oli suhteellisen vähän oven edessä ja se herätti mielessäni positiivisia odotuksia. Sattumalta vastaan tuli myös Tumpin kaltoin kohtelema parempi puolisko. Hän näytti jotenkin terveemmältä, vaikka toisen silmän ympäristö olikin kukertavan ruskean ja sinisen ja keltaisen väriyhdistelmän sekoituksen valloittama. Pää painuksissa hän vain kuitenkin kulki ohitseni vastaamatta tervehdykseeni. En siis saanut mitään selvää vastausta urakkani tuloksista. Tumppi itse loisti poissaolollaan koko siivouksen ajan ja lopulta ei auttanut muuta kuin lähteä seuraavaan kuurauskohteeseen.

Olin jo tarpeeksi pahalla tuulella saapuessani paikalle, kun vastaani tuli pariskunta, joka juuri oli päässyt listalleni. Heille oli nimittäin yhtäkkiä uskottu asuntoyhtiön siivouksen valvominen ja he ottivat työnsä todella vakavasti. Heillä, kun oli uusi luuta. Olin nimennyt heidät Naripariksi, he kun aina narisivat ja antoivat niin sanottuja asiantuntijaneuvojaan siivouksesta. Pariskunta Johansson oli viimeinen yhdistelmä, jonka olisin juuri tällä hetkellä halunnut kohdata. Jos olisin saanut edes jonkunnäköistä informaatiota Tumpista olisin kestänyt vähän enemmän. Kuunneltuani aikani Nariparin ohjetta, minkälaisella rätillä ikkunalaudat piti pyyhkiä, mietin mielessäni miten kotiin tultuani ottaisin listani esiin ja siirtäisin heidät muutaman askeleen eteenpäin. Heidät oli kertakaikkiaan siirrettävä Tumpista seuraavaksi.

Tulin paremmalle tuulelle tuosta päätöksestäni ja kiitin neuvoista ja sanoin yrittäväni muistaa ne, vaikka niistä suurin osa ei edes kuulunut tehtäviin, jotka oli minulle määrätty. Paha tuuleni melkein tuli takaisin saavuttuani siivouskomerolleni ja nähtyäni suuren lapun seinällä missä kehotettiin tekemään asioita mitkä olivat itsestään selviä ja jotka tein ilman muistutustakin joka viikko.

No, ei muuta kuin vehkeet kuntoon ja siivoamaan Narien rappua. Oloni parani huomattavasti, kun tulin heidän ovensa taakse ja sain rauhassa irvistää kuin mikäkin pikkukakara heidän ovisilmäänsä. Sitä en kyllä olisi uskaltanut tehdä, jos pariskunta olisi ollut kotosalla, mutta kun onneksi juuri häipyivät. Eli eivät tällä kertaa jääneet niskan taakse jäkättämään määräyksiään. Se olisikin ollut aivan liikaa tälle päivälle.

7 ja 8. NARIPARI

Herrasväki Johansson alias Naripari asusteli Gamla Stanissa eli Tukholman vanhassakaupungissa. Luulivat olevansa vähän muita hienompia, kun huushållinsa sijaitsi alueella, jossa varsinaisesti elelivät ne joilla joko oli rahaa tai muuten olivat jotakin. Nariparin porraskäytävä tosin oli kuin jostain köyhälistökorttelista. Maalit rapisivat seiniltä ihan itsestään ja kaikki muukin oli rempallaan. Välillä tuntui, että pariskunta luuli, että pystyisin siivoamisellani remontoimaan sen loistokuntoon. Yksi ylpeydenaihe heille oli niin sanottu Fikarum eli kahvihuone, joka oli kellarikerroksessa. Se oli talon yhteiseen käyttöön tarkoitettu, mutta oli selvästikin vain Nariparin käytössä. Siellä piti myös kerran kuukaudessa käydä siivoamassa heidän sotkujaan ja iänikuisia kahviläiskiään lattialta. Auta armias, jos joku läiskä jäi vahingossa pyyhkimättä. Neuvoja ja valituksia sateli taas tuutin täydeltä. Eräs toinen asukas kerran poikkesi siinä siivotessani ja rupesi valittamaan miten Johanssonit olivat omineet koko kahvihuoneen itselleen niin ettei toisilla ollut mitään asiaa sinne. Ymmärsin häntä kyllä erittäin hyvin ja kumpikin olimme sitä mieltä, että pariskunta saisi oikeastaan maksaa vuokraa asuntoyhtiölle Fikarummista. Se oli tehty aika viihtyisäksi Nariparin maun mukaan. Kellarissa kun oli, siellä kuitenkin aina välillä vilisi rottia, se kun oli kyseisen vanhan rötiskän ongelma. Siivoskelin taas kerran Fikarummettia, kun tajusin, että mokoma pariskunta säilytti rotanmyrkkyä ja kahvia samassa kaapissa. Olipa viisasta! Olin jo miettinyt kuumeisesti miten Naripari eliminoitaisiin, kun näin ratkaisu tuli ikään kuin tarjottimella. Mitäs muuta kuin sekoittamaan sopivassa määrin rotanmyrkkyä kahvin joukkoon. Kuin puolihorroksessa tein työtä käskettyä. Ai, että kuka käski? Luulen, että terve järki. Onneksi rotanmyrkkyä oli kunnon pussillinen tarjolla niin että pientä vajausta ei heti huomaisi. No, pientä ja pientä. Kuinka ollakaan sitä kyllä lurpsahti oikein aika mokoma kasa kahvin joukkoon. Laitoin myrkkypussin visusti paikalle missä se ennen oli. Kahvipussia heiluttelin olan takaa, kunnes koko myrkky oli sekoittunut kahvin joukkoon. Sitten vaan mittalusikka pussiin takaisin ja pyyhkimään loput läiskät. Onneksi olin varustautunut kumihanskoilla niin ei tarvinnut pyyhkiä omia sormenjälkiä pois kahvi- ja myrkkypusseista. Muuten kun olisi myös Narien jäljet pyyhkiytyneet ja jos sattumoisin joku olisi alkanut tutkiskella asiaa lähemmin, niin olisi voinut herättää ihmetystä, ettei sormenjälkiä olisi ollenkaan. Epätodennäköistä, että kukaan asiaa lähtisi tutkimaan, mutta parasta olla varman päälle. Tunsin häivähdyksen ylpeyttä mielessäni, kun tajusin oikein ammattilaisen tavoin pohtivani asiaa pintaa syvemmältä.

Tuuleni oli huomattavasti parempi jättäessäni Nariparin kiinteistön taakseni ja tahtomaton paukku takamuksestani juuri avatessani oven kruunasi koko jutun ja huomasin nauravani yksikseni. Japanilaiset turistit katsoivat minua hiukan oudoksuen hihitellessäni, mutta pituuteni puolesta olisin oikein hyvin sopinut heidän joukkoonsa. Nauru senkun edelleen pulppuili huuliltani tullessani Evert Tauben tai kuten Veikko niin kehumallaan kielitaidolla sanoi Eevertti Toopen patsaan eteen ja moikkasin häntä kuin vanhaa tuttua. Ja selvästi tuo kiveksi jähmettynyt trubaduuri hymyili. Loput työt sujuivatkin kuin tanssi ja kotiin tultuani olin epätavallisen hyvällä tuulella. Sitä ei kyllä kestänyt kauan, kun näin kuinka Veikko kuorsasi tavalliseen tapaansa kaljatölkki vierellään. Katselin häntä hetken aikaa ja kuin unessa kaivoin laukkuni kätköistä esiin listani ja istuuduin pöydän ääreen ja kirjoitin siihen hänen nimensä. Pistin kuitenkin varmuuden vuoksi perään kysymysmerkin, koska en ollut täysin varma. Lista kun oli saanut vähän suuremman merkityksen kuin mitä sitä laatiessani olin osannut edes kuvitella. En myöskään ole ihminen, joka ajattelee vain itseään, vaan tekojeni suurin vaikuttaja on tahtoni auttaa muita. Kaikki ne jotka olen päästänyt päiviltä ovat olleet haitaksi myös jollekin muulle kuin minulle. Veikko kuitenkin oli aika suosittu sekä työpaikalla että kavereitten piirissä, häneltä kun tuo juttu sujui. No, aika saisi näyttää mietin ja töhersin vielä toisenkin kysymysmerkin perään.

Seuraavan kerran mentyäni Tumppi-Timpan rappuun, ulko-oven edustalla ei ollut tumpin tumppia eikä korkin korkkia. Painuin kellariin hakemaan tarvikkeitani ja aloitin siivouksen. Toivoin tapaavani jonkun ihmisen, joka kertoisi jotakin. Juuri kun olin esittänyt tuon toivomuksen ja samalla tullut ylimpään kerrokseen, vintin ovi aukesi ja talkkari tuli esiin. Moikattuaan hän kertoi olleensa laittamassa lippua puolitankoon.

"Mitä ihmettä, onko joku asukkaista kuollut?" kysyin kummastuneen näköisenä.

"Alakerran Molander", hän kertoi.

Asetin silmäni kaljapullonkorkkia pyöreämpään asentoon ja olin ihmettelevän näköinen.

"Mutta eihän hän ollut vielä vanha", sanoin.

"Ei ollenkaan, mutta kuoli vissiin johonkin myrkytykseen. Joku sanoi, että nikotiinimyrkytykseen, mutta tuntuu oudolta, kun se oli niin kova polttamaan, että olis jo luullut olevan immuuni. Saattaa kyllä olla, että sen maksa petti, kun oli aika kova ryypiskelemään."

"Voi vaimoparkaa!" minä huudahdin.

"No enpä tiedä. Sehän hakkasi sitä vaimoaan, minkä kerkesi. Taitaa olla vain tyytyväinen, että pääsi eroon. Taidat olla sinäkin, kun hän aina sotki tuon rapunedustan. Ettet vaan olis sinäkin toivonut, että pääsisit hänestä eroon. Taisit olla sinä, joka syötit sille myrkkyä", talkkari sanoi nauraen. Katsoin häntä suu auki ja sanoin:

"Älä nyt tuollaista puhu edes leikilläsi. Eihän minusta olisi sellaiseen."

"No, ei tietenkään. Kunhan kiusaan. Hyvää päivänjatkoa sulle!" hän huikkasi ja lähti reippain askelin ja naureskellen juoksemaan rappuja alas. Itse jäin seisomaan kuin seipään nielleenä henkeä haukkoen, sydämen hakatessa tuhatta ja sataa. Kyseinen talkkari oli pelästyttänyt minut melkein hengiltä leikinlaskullaan. Lopulta rauhoituin ja tajusin, että Timppa oli todella lopullisesti tumpattu ja hävinnyt savuna ilmaan. Pesin rapun, jonka jälkeen lähdin kävelemään kohti Nariparin rappua.

Siälläkin oli tosi rauhallisen oloista. Ollessani toisessa kerroksessa eräs ovi aukesi ja nainen tuli ulos koiransa kanssa. Hän kehui ystävällisesti siivoamistani ja sanoi kaikkien asukkaitten olevan tyytyväisiä työhöni. Kiitin häntä, mutta samalla kuin vahingossa ihmettelin ääneen, että kaikkiko todella, kun Naripari tai niin kuin kyseiselle rouvalle sanoin Johanssonin pariskunta aina väitti, ettei kukaan ole tyytyväinen siivoukseeni.

"Så typisk för dom!" hän tuhahti eli väitti, että se oli tyypillistä Johanssonin herrasväelle ja käski olla

välittämättä heistä. Hän kertoi Nariparin aina aihe-
uttavan hankaluuksia valituksillaan ja ideoillaan.
Sanoi, että useimmat asukkaat olivat perin juurin
kyllästyneitä heihin. Tämä oli kuin hunajaa korvil-
leni ja mielessäni toivoin jälleen kerran onnistuva-
ni toisten auttamisessa. Ilmeisesti kuitenkaan vielä
ei ollut tapahtunut mitään, koska sen Koiramam-
ma olisi varmasti kertonut ensimmäisenä. Paris-
kuntaa ei onneksi sentään näkynyt ja sain siivota
koko rapun ilman valituksia tai neuvoja, joita
yleensä sateli päälleni.

"Missäköhän Naripari oikein luuhaa?" mietin
samalla kun ohjasin askeleeni kohti kellaria ja
Fikarummia. Sen siivoaminen ei kuulunut tämän
viikon ohjelmaan, mutta päätin tarkistaa oliko kaik-
ki siellä ennallaan. En uskaltanut heti avata ovea,
vaan asetin korvani kiinni siihen ja kuuntelin. Hau-
danhiljaista, totesin mielessäni. Tunsin vilunväreit-
ten reissaavan pitkin selkäpiitäni avatessani lopul-
ta oven varovasti. Ehdin jo pelästyä, kun tajusin
Parin tuttuun tapaansa istuvan pöydän ääressä.
Odotin Narien päitten kääntyvän itseäni kohti, kun-
nes tajusin, että kyseiset päät olivat hautautuneina
edessänsä oleviin kakkulautasiin. Kummatkin

näyttivät yhtä kalmankalpeilta kuin kasvoille levinnyt kermavaahto, huomasin, mutta en uskaltanut mennä lähemmäksi.

Sen sijaan hiippailin kaapille ja kaadoin taskussani olevaan roskapussiin loput kahvijauheesta, joiden joukkoon olin viimeksi sekoittanut myrkyn. Pussi olikin jo melkein tyhjä, mutta yritin mahdollisimman huolellisesti saada sieltä joka ikisen murusen irtoamaan. Lopuksi asetin tyhjän pussin kaapin hyllylle. Mittalusikan pistin myrkkypussiin, jonka jätin auki ja sijoitin aivan kahvipussin vierelle. Halusin saada näyttämään siltä, että kahvi oli loppunut ja Naripari oli vahingossa sekoittanut viereisen pussin myrkkyä suodattimeen. Mikä loistava suunnitelma! Pistin tyytyväisenä roskapussin taskuuni ja lähdin vähin äänin pois pussissa olevan kahvin kera. Ensimmäisen kerran panin merkille, että Fikarummetin ovi narisi. Mitäpä muutakaan voi odottaa ovelta, jota eniten availi Nariseva pari nimeltä Naripari. Tyyli oli tarttunut tuohon vanhaan puiseen luukkuunkin niin että tuntui, että se kohta herättäisi uinuvat Narit tirsoiltaan. Parissa ei kuitenkaan näkynyt pienintäkään elonmerkkiä. Nyt vain hiippailemaan mahdollisimman huomaamattomasti ulos. Onneksi ketään ei tullut vastaan, vaan pääsin mukavasti liukenemaan pois koko kiinteistöstä. Kukaan ei voisi väittää, että olisin tänään ollut lähelläkään Fikarummettia. Jonkun matkaa kuljettuani heitin roskapussin kadunvarrella olevaan roskikseen.

"Mikä viikko!" mietin illalla kotona istuessani kahvikuppini kanssa. Veikko istui omassa tuolissaan litkien kaljaa ja minua alkoi tosissaan huvittaa. Oikein tämän päivän teema. Kalja ja kahvi. Tumppi-Timppa ja Naripari. Veikko ja Siiri. Aloin nauraa hysteerisesti. Veikko katsoi minua ja kysyi mikä ihmeen hepulikohtaus minulla oli menossa. Tuota sanaa en ollut kuullutkaan koko Ruotsissa oloni aikana. Hepulikohtaus. Se tuntui niin hassulta. Se sai aikaan vielä pahemman naurunpuuskan ja samassa tajusin pissaavani housuihini. Juoksin nopeasti vessaan jossa hepulini vielä jatkui tovin, kunnes sain sen loppumaan ja riisuin vaatteeni ja iskin ne pesukoneeseen ja menin suihkuun. Suihkusta tullessani Veikko uteli mikä ihme minulle oikein tuli. Vahingossa lipsautin, että olin vain niin tyytyväinen tämän päivän saavutuksiini, että nauru sen kuin vain pulppuili ulos. Veikko puhisi ja katsoi minua ymmärtämättömänä. Ei kuitenkaan halunnut kuulla sen enempää mistä oli kysymys. Niinpä pyysin herralta anteeksi, että olin pilannut tavanomaisen "tylsyyden perikuva arki-iltamme" mokomalla naurunpuuskalla. Ei tarvinnut kuvitella, että meikäläisen saavutukset olisivat sen vertaa kiinnostaneet, että olisi kysäissyt mitä ne olivat. Samapa tuo. Enhän olisi kuitenkaan vastannut. Veikkoapa kiinnosti vain Veikon saavutukset, joita kyläkään ei ollut olemassa muuta kuin hänen mielikuvituksessaan ja jutuissaan. Niissäkin vain sen hetken, kun oli pätemisen tarve jonkun toisen kerrottua saaneensa jotain aikaan.

Seuraavana päivänä menin tavalliseen tapaan konttorisiivoukseeni aamuvarhaisella. Vaikka tulin todella aikaisin, niin eikö vaan Intopiukka ollut jo täydessä vauhdissa. Ennen olin hermostunut tuohon hienhajuiseen yksilöön vain siksi, että hän aina tuli niin aikaisin töihin ja halusi jutustella, mutta nyt hänestä oli tullut maanvaiva. Taisi kyseisellä tädillä olla viihdevuodet, kun oli ruvennut valittamaan kaikesta ja vaatimaan erikoispalveluksia itselleen. Hän oli nykyisin aina pahalla tuulella ja koska vain minä olin paikalla aamulla aikaisin, sain niskaani kaiken katkeruuden mitä hänestä löytyi. Hän rupesi vaatimaan uudelleen siivoamista huoneessaan, koska muka työ oli tehty huonosti, mikä oli täyttä puppua. Sain kuluttaa aikaani hänen huoneessaan vaikka kuinka kauan ja hän seisoi vieressä komentelemassa. Olin kiltisti alistunut tähän, koska muistot Anderssonin Emakon kohdalla kummittelivat vieläkin mielessäni. Olin ollut vähällä saada potkut hänen takiaan. Intopiukka ei tajunnut kuinka vaarallisilla vesillä seilaili, kun alkoi muistuttaa aivan liikaa edesmennyttä porsasta. Eräänä iltana kotiin tultuani otin listani esiin ja siirsin hänet seuraavaksi kohteeksi.

9. INTOPIUKKA

Intopiukan oikea nimi oli Berit Olsson. Hän, joka ennen oli ihan mukava ja oli jopa hyväksi avuksi Emakon dumppaamisen jälkien hävittämisessä, olikin yhtäkkiä muuttunut suorastaan hirviöksi. Vaihdevuodet vihjasi minulle eräs toinen työntekijä hänen kuullessa miten Piukka läksytti minua. Oli myös vanhapiika, jota kuulemma ei kukaan mies huolinut. Taisi taas olla yksi sellainen ihminen, jonka poistumisesta maan kamaralta olisi vain iloa monelle. Pahuksen muija tuli vielä niin aikaisin töihin, että oli alituisena riesana minulle. Hän pyöräili joka aamu ja valitteli aina sitä korkeaa mäkeä jonka joutui polkemaan viimeiseksi päästääkseen työpaikalleen. Totta, konttoriin johtava mäki oli kyllä tavattoman jyrkkä ja pitkä. Itse olin hiestä märkänä kiivettyäni mäen ylös aamuisin. Ihmettelin aina, että hän oikeasti jaksoi polkea sen ylös asti. Kerran, kun vielä olimme väleissä kyselin sitä häneltä. Hän oli todella ylpeä siitä, että oli niin hyvässä kunnossa ja kehuskeli myös vuosia palvellutta vaihdepyöräänsä, joka hänen mukaansa helpotti tilannetta. Työpaikalta lähtö oli huomattavasti helpompaa Intopiukan mukaan. Sen kun vain paineli käsijarrua, ettei ihan hirmuvauhdilla ajanut suoraan kadulle, joka oli tosi vilkasliikenteinen. Kertoi kyllä joskus pelkäävänsä, että tuo jarru pettäisi, vanha kun oli. Hän piti pyöräänsä konttorin rappukäytävässä, vaikka oikeasti siellä oli pyörien säilyttäminen kielletty. Itse asiassa se seisoi kilven alla missä luki: "Cykelparkering förbjuden" eli pyöräpysäköinti kielletty. Ilmeisesti Intopiukka tunsi olevansa kaikkien kieltojen yläpuolella eikä hänen pyöräparkkeeraustaan moinen kyltti haitannut pätkääkään. Tapasin kerran siivoojan, joka siivosi sitä rappua eikä hän ollut ollenkaan ihastunut mokoman vempeleen sijaintiin. Uhkasi jopa heittää sen ulos. Silloin Into oli vielä ok, joten olin puolustellut häntä ja kertonut kuinka mukavan ihmisen pyörä se oli ja siivooja oli jättänyt sen rauhaan. Nyt melkein kadutti moinen puolustelu, vaikka toisaalta se sai minut ajattelemaan asiaa aivan uudesta näkökulmasta. Mitähän, jos Piukan jarrut kerrankin pettäisivät kotiinlähdön aikaan. Tehtyäni työni ja ollessani ylikypsä Innon moitteille jäin salaa tutkimaan hänen pyöräänsä. Käsijarru siinä näkyi olevan ja vaijeri hyvässä kunnossa. "Täytyypä muistaa ottaa terävä puukko huomenna töihin ja ehkä jotkut sakset, jotka leikkaavat rautaa", mietiskelin itsekseni, tutkittuani pyörää jonkun aikaa. Kaikesta päätellen pyörän ainoa jarru oli tuo käsijarru, joten jos sen saisi toimintakyvyttömäksi taitaisi Intopiukka lasketella hurjaa vauhtia kohti kohtaloaan. Niinpä ennen rappuihin menoa päätin käydä rautakaupassa, jossa vaivihkaisesti katselin työkaluja ihan itsekseni. Löysin hyllyn missä luki bultsax. Pulttisakset ajattelin itsekseni. Kuulostaa aika voimakkailta. Yritin löytää pienimpien joukosta kaikkein vahvimman näköiset ja otin ne ja painuin muina miehinä kassalle. Kassapoika katseli vähän ihmeissään ostostani ja varmaankin pientä kokoani, mutta ilmeeni kertoi hänelle, että oli parasta pitää lärvi kiinni. Pistin pulttisakset kassiini, joka uskollisesti kuljetti varustuksiani ja myös listaani. Tultuani kotiin sikeästi kuorsaavan siippani luokse laitoin laatikossa olevan kontaktiliiman laukkuuni ennen kuin hän raottaisi silmäluomiaan. Tosin hän ei paljon puuhistani välittänyt, mutta parempi olla herättämättä mitään kysymyksiä.

Aamulla varhain kiipesin taas siivoukseeni. Huomasin, ettei Intopiukan pyörä ollut vielä laittomalla paikallaan ja olin toiveikas, että saisin edes vähän aikaa työskennellä rauhassa. Saatuani kärryt kuntoon, kuinka ollakaan, ovi kävi ja Piukka tuli hiki otsalla ja myrtsin näköisenä sisään. Tervehdykseeni hän ei edes vastannut, vaan painui nopeasti omaan huoneeseensa.

"Toivottavasti jäät sinne mököttämään ja haisemaan", ajattelin kun aloitin siivoustani. Sain jopa yhden kokonaisen huoneen siivottua ennen kuin tunsin taas Intopiukan hengityksen niskassani. Hän halusi ehdottomasti tietää minkälaisella rätillä pyyhin pölyt hänen huoneestaan. Näytin kyseistä mikrokuiturättiäni, jonka hän otti käteensä ja vilkaistuaan sitä, alkoi samantien läksyttää minua. Olin kuulemma pilannut hänen työpöytänsä pinnan rätilläni. Sanoin toimivani vain niiden määräysten mukaan, jotka sain firmastani, mutta se sai hänet vain entistä pahantuulisemmaksi. Haukkumiset eivät ulottuneet vain minuun, vaan myös siivousfirmaan, jossa työskentelin. Hän sanoi pitävänsä huolen, että koko firma saisi lopettaa heillä, koska heidän siivoustaan hoiti täysin ala-arvoinen siivooja, nimittäin minä. Nyt pelästyin toden teolla ja yritin näyttää kovinkin nöyrältä. Minulla ei ollut varaa ottaa haukkumisia koskien tätä konttoria. Silloin potkut olisivat varma juttu. Ennen kuin ehdin lepyytellä rouva Piukkaa, hän heitti käsissään olevan rätin suoraan naamalleni ja lähti kiukuissaan pois.

Lentävä rätti naamallani tajusin, että oli aika toimia ja äkkiä. Olin kiitollinen, etten ehtinyt sen enempää nöyristellä mokomalle kiukkupussille. Koska Into ohjasi raivoaskeleensa keittiöön aamukahville, painuin hänen huoneeseensa siivoamaan. Pöydän pinta näytti olevan kunnossa. Ihan turhaa valitusta. Kiukuissani hankasin sen pintaa niin kovin, että hänen valituksensa oli muuttua todeksi. Rauhoituttuani siivosin kaiken muun mahdollisimman huolellisesti, mutta nopeasti, koska halusin häipyä Piukan valtakunnasta ennen hänen majesteettinsa saapumista. Onneksi ehdin valmiiksi ja loppusiivouksen ajan yritin pysytellä mahdollisimman kaukana sieltä, missä hän milloinkin oli. Onnistuinkin välttämään häntä, kunnes olin valmis ja lähdössä pois. Tajutessaan minun olevan poistumassa hän juoksi nopeasti luokseni ja katsoi tarpeelliseeksi vielä kerran muistuttaa missä mennään ja sanoi: "Tämä asia ei jää tähän. Voit varautua siihen."

Lähdin sanomatta ajatuksiani ääneen ja suljin konttorin oven. Mielessäni nimittäin sanoin juuri samat lauseet hänelle, jotka hän oli lausunut minulle. Asia ei todellakaan jäänyt tähän. Sen rouva Intopiukka tulisi karvaasti kokemaan. Rappukäytävän alimmassa kerroksessa näin Piukan pyörän parkkeerattuna kiellettyyn koloonsa. Katselin ympärilleni ja otin pulttisakset käteeni. Sakset olivat melko painavat mutta jaksoin kiukun voimalla asettaa sen pyörän jarruvaijeriin ja painaa kaikella voimallani. Aikamoinen napsaus kaikui rappukäytävässä ja samassa kuulin jonkun avaavan ulkooven. Ei muuta kuin äkkiä pulttisakset laukkuun ja viaton ilme naamaan. Kuljin muina miehinä kohti ulko-ovea, kunnes näin tulijan. Hän oli eräs mukava henkilö konttorista nimeltään Maria. Hän tervehti tavalliseen tapaansa iloisena ja kiitti siivouksestani. Olin aivan ihmeissäni. Jo toiset kiitokset saman viikon aikana. Ensin Naripparirapun Koiramamma ja nyt Maria. Sanoin hänen olevan yksi niistä harvoista ihmisistä, joilta joskus sain kiitosta työstäni. Kiitin vuorostani häntä kiitoksista samalla, kun kerroin kiirehtiväni muihin töihin, ettei hän vain jäisi juttelemaan pidemmäksi aikaa. Ei millään pahalla, mutta meikäläisellä oli nyt vähän piukka aikataulu. Oli äkkiä päästävä uudelleen käsiksi Innon pyörään. Hän kysyi oliko Berit jo tullut ja vastattuani myöntävästi hän huokaisi ja kuin tahtomattaan lipsautti:

"Voi ei! En jaksa sitä ihmistä."

Hän oli vähän nolona tajutessaan sanovansa ääneen mitä ajatteli, mutta rauhoittui kun sanoin ymmärtäväni häntä todella hyvin. Kerroin hänelle, mitkä haukkumiset olin itse saanut heti aamupalaksi. Paljastin hänelle myös Intopiukan uhkauksen, jonka mukaan koko firma sanottaisiin irti huonon siivoukseni takia. Tunsin itseni kantelevaksi kakaraksi, mutta hän käski olemaan huoletta. Sanoi ettei antaisi sen tapahtua, koska hänen mielestään siivous oli mitä parhainta luokkaa. Kiitin häntä tyytyväisenä. Vihdoinkin ihminen, joka tajusi arvoni. Lähdin ulos rapunovesta samalla, kun Maria painoi hissinnappulaa mennäkseen yläkertaan. Kävelin muutaman askeleen, tulin takaisin ja kurkistin rapun ovesta sisään. Marian hissi oli jo noutanut hänet, joten menin takaisin sisään tekemään loppusilauksen aloittamalleni urakalle. Poikkinainen jarruvaijeri lerpatti irtonaisena niin ettei millään voisi jäädä huomaamatta sen olevan rikki. Otin laukustani kontaktiliiman, ja laitoin sitä vaijerin kumpaankin päähän. Odotin hetken ja painoin päät yhteen.Tunsin heti miten ne jysähtivät toisiinsa kiinni kuin lemmenkipeät marsipaanit. Arvioin työni tulosta. Täydestä meni. Ei voisi ikinä hoksata vaijerin olevan poikki. Se näytti entistä ehommalta. Mielessäni toivotin turvallista konkelointia Intopiukalle ja taas nauru yllätti tulemalla suustani tahtomattani. Onneksi sain sen loppumaan ennen kuin ihmisiä tuli vastaan.

Seuraavana aamuna mennessäni konttorisiivoukseen sain vastauksen jo ennen kuin ehdin työpaikalle asti. Aamulehtien lööpeissä otsikko kertoi pyöräilijästä, joka oli menehtynyt jäätyään auton alle. Kiirehdin nopeasti konttoriin, johon tulivat kaikki aamulehdet. Ehkäpä kysymys oli Intopiukasta. Lehdessä kerrottiin eilen tapahtuneesta pyöräonnettomuudesta, mutta artikkeli käsitteli myös muita Tukholmassa viime aikoina tapahtuneita pyöräonnettomuuksia. Niitä oli viimeisien kuukausien aikana tapahtunut paljon ja kuolemantapauksiakin oli joitakin. Siinä otettiin esiin miten pyöräilijöille olisi rakennettava paremmat pyörätiet. Kerrottiin myös tapahtumapaikat ja eilinen onnettomuus oli kuin olikin tapahtunut juuri sillä kadulla, joka oli konttorin mäen alapuolella. Sen on pakko olla Intopiukka ajattelin ja samalla olin tyytyväinen, että hänen tapauksensa oli vedetty muiden yhteyteen. Ilmeisesti siitä ei ollut löydetty mitään tavallisuudesta poikkeavaa. Tyytyväisenä tunsin olevani kuin mikäkin julkkis, vaikka ei sitä kukaan muu tietänytkään. Lehdessä kuitenkin kerrottiin tekemisistäni. Ajattele nyt, Outokummun metsistä Ruotsin lehtien uutisotsikoihin. Ei huono saavutus, jos minulta kysytään. Vaikka olenkin luonteeltani vaatimaton, päätin leikata itselleni muistoksi artikkelin seuraavana päivänä, kun lehti jo olisi heitetty paperinkeräyspinoon kuin ammoinen rätti naamalleni. Uutisleikkeen paikka olisi ilman muuta listani yhteydessä, joten kävin samantien jo pöllimässä klemmarin Innon huoneesta ihan sitä varten. Luettuani lehdet laitoin ne omalle paikalleen ja aloin siivota. Intopiukkaa ei kuulunut ja lopulta alkoi jo tulla muuta konttoriväkeä, jotka heti alkoivat pohtia Innon onnettomuutta. Se oli siis totta. Piukan jarrut olivat pettäneet!

"Voi kamala! Mikä kohtalo!" huudahdin, mutta lähdin samantien jatkamaan siivoustani. Olin tehnyt oman osuuteni. Tällä kertaa en jostain syystä halunnut jäädä kuuntelemaan yksityiskohtia enkä ihmisten falskia voivottelua, kun todellisuudessa olivat tyytyväisiä, että valittaja oli poissa. Päätin pitää piukasti kiinni siivouskärrystäni ja innolla jatkaa huoneiden siistimistä.

Sen päivän siivouksista palattuani kotiin olin aivan poikki. Veikko kuorsasi sängyssä täysissä pukineissa ja minä, riisuttuani takkini, mätkähdin hänen vierelleen omalle puolelleni ja nukahdin alta aikayksikön. Herätessäni oli jo aamu ja huomasin Veikon kuorsaavan vierelläni. Nyt hän tosin oli riisunut itsensä kalsareisilleen. Olin nukkunut kuin tukki yli puoli vuorokautta. Nousin nopeasti ylös, kävin suihkussa ja laitoin itseni työkuntoon. Olin jo vähän myöhässä, mutta toivoin voivani hiippailla konttoriin niin ettei kukaan hoksaisi sitä. Nyt kun Intopiukka oli poissa se oli mahdollista.

Onnistuin konttoriin salaa ujuttautumisessa täydellisesti. Kukaan ei huomannut kun tulin ja sain laitettua siivouskärryni rauhassa kuntoon ja otin sakset mukaani. Menin ensimmäisenä eteisaulaan leikelläkseni uutiset eilisestä lehdestä. Huomasin, että olinkin sen verran jo myöhässä, että joku oli ehtinyt laittaa päivän lehdet pöydälle ja heittää vanhat keräykseen. Poimin ne sieltä ja leikkasin uutisen antaumuksella, samalla kun toivoin, että joskus voisin kertoa jollekulle mitä olin saanut aikaan. Ylpeyttä tuntien änkesin kyseisen leikkeen siivoustakkini sivutaskuun. Samassa katseeni osui pöydällä olevien päivälehtien otsikoihin.

"Pariskunta löydetty kuolleena Gamla Stanissa. Poliisi epäilee rikosta."

Nappasin lehden ja luin koko artikkelin. Olin kauhuissani. Siinä kerrottiin poliisin epäilevän jonkun tappaneen pariskunnan. Idioottimaista! Olihan selvää, että Naripari itse oli sekoittanut kahviinsa myrkkyä. Artikkeli suorastaan kuhisi valheita. Mukamas mukava pariskunta, joita muut asukkaat olivat kehuskelleet. Koko talon väkeä oli kuulusteltu. Poliisilla oli artikkelin mukaan monia johtolankoja, joita he seurasivat. Mitä ihmeen johtolankoja?

Olinhan lavastanut täydellisesti koko asetelman. Miten poliisi saattoi epäillä rikosta?

Pakko jatkaa siivoamista, vaikka huomasin täriseväni kuin haavan lehti. Mikä oli mennyt pieleen? Yritin rauhoitella itseäni ja ajatella, että kysymys oli vain rutiinitutkimuksesta, jossa lopulta selviäisi asian todellinen laita. No, todellinen ja todellinen, mutta ainoa järkevä selitys Narien tapaukseen. Pystyin vähän rauhoittumaan, kunnes Maria tuli vastaani ja alkoi kauhistella Vanhan Kaupungin murhia ja kysyi olinko jo lukenut siitä. Voi hyvänen aika! Poliisihan vasta epäili murhaa ja nyt sanomalehti sai aikaan sen, että siitä jo puhuttiin selvänä murhana. Muistutin Mariaa, että lehdessä sanottiin poliisin vasta epäilevän murhaa.

"Voihan se olla joku niiden oma moka. Vahingossa laittaneet kahvinsa joukkoon myrkkyä", sanoin hänelle.

"Myrkkyä? Kahvin joukkoon?" Maria ihmetteli ja sanoi, ettei artikkelissa mitään sellaista mainittu. Hän ihmetteli mistä minulle tuollainen ajatus tuli mieleen, kun lehdessä ei ollenkaan kerrottu kuinka he kuolivat. Itse kuulemma oli ajatellut, että heidät varmaan oli ammuttu.

Aloin olla heikoilla ja tajusin, että suustani oli lipsahtanut jotain, mitä ei todellakaan olisi saanut. Änkytin, että muistelin, että radiossa olisi sanottu aamu-uutisissa jotain sellaista. Vakuuttelin, että voin olla väärässä ja että olin ymmärtänyt väärin.

"Taisikin olla joku muu juttu se myrkytysjuttu", änkytin ja selitys meni täydestä. Kun Maria jatkoi matkaansa ja minä siivoamistani, tajusin, että pahimmassa tapauksessa minun olisi laitettava kiltti Maria listalleni. Ajatus ei oikein miellyttänyt minua, koska Maria tuntui olevan kaikkien rakastama. Samassa jo mielessäni annoin hänelle lempinimen, joka hyvin sopisi yhteen listani muiden nimien kanssa: Nuuskiva Nunna.

Seuraavat päivät olivat levottomia. Kotona ollessani en pystynyt olemaan yhtään paikallani, vaan kuljeskelin ympäriinsä kuin paviaani viidakossa. Katsoin kauhuissani puhelinta ja pelkäsin sen pirahtavan. Kohta kai poliisi soittaisi ja veisi meikäläisen kamarille kuulusteltavaksi. Onneksi aikani ei mennyt kokonaan hukkaan, koska aloin ahkerasti harjoitella viattomia ilmeitä ja selityksiä. Uskoin kyllä olevani selvillä vesillä. Minähän en ollut käynyt koko fikarummetissa kahteen viikkoon, joten minullahan ei voinut olla osaa eikä arpaa koko hommaan. Ehkä poliisi olikin jo järkevästi päätellyt niin, koska heistä ei ollut mitään kuulunut. Valitettavasti toinen selitys asialle pyöriskeli koko ajan mielessäni. Olihan toki todennäköisempää, että myös virkavalta oli unohtanut siivoojan olemassaolon kuulustellessaan ihmisiä, jotka liikuskelivat Naripariympyröissä. Tässä kohtaa oli ihan hyväksi, että siivoojaa ei ole olemassa ennen kuin jättää paikat nuohoamatta. Toivottavasti se juttu jäisi tähän. Samalla kuitenkin vähän kutkutti ajatus kuulusteluun joutumisesta ja poliisin harhauttamisesta. Olin varma, että pärjäisin siinäkin yhtä hyvin kuin muissakin listaani liittyvissä tekemisissäni. Enhän ollut enää eilisen teereen poika.

Veikkokin taisi kiinnittää huomiota levottomuuteeni ja ihmetteli, kun hyppäsin metrin verran ilmaan, kun puhelin kerran soi. Yleensä meikäläinen sai vastata puhelimeen siitäkin huolimatta, ettei kukaan koskaan minulle soittanut. Mitä nyt työnjohtaja joskus kerran vuodessa, kun joku asiakas oli narissut siivouksistani. Veikolle taas Pera soitteli aika usein. Mutta herra oli useimmiten niin

kiireinen keskittyessään loikoilemiseen, ettei mil-
lään kerinnyt nostaa takamusta sohvalta, vaan
odotti minun kiikuttavan luurin hänen korvalleen
vastattuani. Mutta tällä kertaa, kun puhelin soi pai-
nuin saman tien kiireellä vessaan niin että isännän
oli ihan itse noustava sohvaltaan vastaamaan pu-
heluun. Huokaisin helpotuksesta, kun huomasin,
että Perahan se siellä taas oli. Veikko oli ymmäl-
lään miksei meikäläinen toiminut puhelinvastaaja-
na niin kuin tavallisesti. Hän jopa kysyi oliko kaikki
hyvin. Tuntui kuin Veikko olisi alkanut olla vähän
huolissaan minusta. Se oli tosi outoa, koska ei
hän yleensä välittänyt muuta kuin omasta hyvin-
voinnistaan. Tätä ihmettä jatkui jonkin aikaa. En
ollut uskoa silmiäni, kun yhtenä päivänä kotiin tul-
lessani ruoka oli valmiina pöydällä odottamassa.
Sellaista ei ollut sattunut koskaan ennen. Vaikka
makkarakastike ei nyt ollut aivan suosikkejani,
söin sitä nälkääni ja se jopa maistui ihan hyvältä.
Katselin kummissani oliko tämä todella "mee Veik-
ko" ja kiitin häntä ruoasta. Ihmettelin, mahtoiko uk-
koni sydämessä olla muodostunut joku pieni plänt-
ti meikäläistä varten. Ajatus tuntui oudolta, mutta
aloin päätellä, että hän arvosti vähän tätä yleisesti

ottaen itsevarmempaa, mutta vähän säikkyä mui-
jaa, joka yhtäkkiä oli ilmestynyt Pikku-Siirin tilalle.
Ehkäpä hän jopa osaisi antaa arvoa urotöilleni, jos
kertoisin niistä hänelle. Olin vähällä hetken huu-
massa tehdä sen, mutta onneksi toinen asia tuli
mieleeni, jonka halusin tehdä ensin. Sulkeuduin
vessaan uskollisen laukkuni kera ja otin esille lis-
tani. Sotkin Veikon nimen pois niin että sitä ei
enää pystynyt näkemään. Tajusin, ettei Veikko kai-
kesta huolimatta kuulunut tähän listaan. Samalla
onneksi järkeni sanoi, että on viisainta olla kerto-
matta hänelle mitä olin tehnyt. Melkein meinasin
myydä salaisuuteni lautasillisella makkarakastiket-
ta. Onneksi tulin pytylle ennen kuin ehdin lörpötel-
lä itseni vaikeuksiin. Mutta ei listani Veikon poista-
misesta lyhentynyt. Kirjoitin nimittäin hänen tilal-
leen Nuuskivan Nunnan.

Seuraavan kerran mennessäni edesmenneen
Nariparin rappuun, tunsin levottomuutta. Tullessa-
ni rapun ovesta sisään näin kahden miehen jutte-
levan asuntoyhtiön puheenjohtajan kanssa. Ter-
vehdin puheenjohtajaa ja hiippailin heidän ohit-
seen. Kuulin toisen miehistä kysyvän kuka olin.

Puheenjohtajan kerrottua, että olen siivooja, mies tuli nopeasti perääni ja esitteli itsensä poliisiksi ja sanoi haluavansa jutella kanssani. Olin ihmettelevän näköinen samalla kun pelkäsin hakkaavan sydämeni näkyvän ulkopuolelle saakka.

"Mistä on kysymys?" kysyin pienimmällä Pikku-Siiri-äänelläni.

Hän alkoi kertoa Johanssonin parin kuolemasta ja sanoi heidän tutkivan sitä mahdollisena murhana.

Otin kasvoilleni pitkään peilin edessä harjoitellun ihmetysilmeen ja päivittelin, että olivatko he se pari mistä lehdet kirjoittivat. Poliisi kertoi näin olevan ja kysyi olisiko joku paikka missä voisimme rauhassa jutella. Ehdotin Fikarummettia, mutta poliisi kertoi sen olevan suljettu epäiltynä rikospaikkana. Puheenjohtaja puuttui keskusteluun ja tarjosi omaa huoneustoaan käytettäväksi. Poliisit kiittelivät kovasti ja kohta löysin itseni puheenjohtajan keittiön pöydän äärestä kahta kovan näköistä poliisia vastapäätä. Olinhan aina pieni, mutta nyt tunsin itseni Mini-Siiriksi. Mitä höpisen? Tarkoitan Nano-Siiriksi. Puhuin mielessäni itselleni järkeä ja käskin olemaan valppaana, etten puhuisi sivu suuni niin kuin oli käynyt Nunnan kanssa. Keskustelusta kävi ilmi, että minut oli todella unohdettu. Tuttu juttu! Olivat luulleet keskustelleensa jo kaikkien kanssa, jotka jotenkin liittyivät talon asioihin. Ensimmäisena he halusivat tietää nimeni ja muut tietoni ja kerroin ne auliisti, ettei vain saisi sitä vaikutelmaa, että minulla olisi jotain salattavaa. Sitten he alkoivat udella montako siivouspaikkaa minulla oli. En tajua mitä he sillä tiedolla tekivät, mutta kerroin kaikista rapuista, joissa kävin siivoamassa. Jätin tahallaan kertomatta aamuisesta konttorisiivouksesta, koska pelkäsin heidän tapaavan Nuuskivan Nunnan. Lopulta he alkoivat kysellä Fikarummetista ja siitä siivosinko myös siellä. Kerroin rehellisesti siivoavani siellä jokaisen kuukauden ensimmäisenä siivouskertana, siis kerran kuussa. Poliisi otti almanakkansa esiin ja päätteli, että olin käynyt siellä kaksi viikkoa sitten. Taitavasti päätelty, herra Jepari, ajattelin mielessäni. Ääneen sanoin vain niin olevan, mutta hepä alkoivat kuitenkin kysellä olinko käynyt siellä viime viikolla. Siihenkö se herran taitavuus loppui? Katsoin häntä silmät suurina, samalla kun vakuutin, etten todellakaan käynyt siellä muuta kuin silloin, kun oli pakko. Kerroin, etten vahingossakaan eksyisi sinne muina päivinä. Menin sinne ainoastaan silloin, kun siellä piti siivota. Taisin vakuutella sitä vähän turhan innokkaasti, koska toinen poliiseista katsoi minua ihmettelevästi ja alkoi kysellä mitä mieltä olin Johanssonin pariskunnasta. Sanoin, ettenpä juuri tuntenut heitä. Joskus olin rapussa törmännyt kyseiseen pariskuntaan ja tervehtinyt. Sanoin heidän olleen ihan mukava pariskunta. Ajattelin näin noudattavani talon yleistä mielipidettä Nariparista niin kuin sanomalehdestä oli ilmennyt. Poliisi tuijotti meikäläistä pohdiskelevan näköisenä vähän aikaa ja sanoi sitten:

"Onpa erikoista! Kaikki muut talossa sanovat, että he aina valittivat joka asiasta. Olisipa luullut siivoojan saaneen oman osansa."

Tunsin punastuvani päälakeani myöten ja tajusin olevani pulassa. Änkyttäen aloin selittää, että suomalaiseen kasvatukseen kuuluu, ettei koskaan saa puhua pahaa niistä joita ei enää ole. Kerroin heidän välillä aina valittaneen siivouksesta, mutta pidin edelleen kiinni siitä, että tapasin heitä vain harvoin. Vihdoin he päästivät minut piinasta pyydettyään puhelinnumeroni ja varmistettuaan, etten menisi Fikarummettiin ennen kuin saisin luvan. Yritin olla hupaisa ja sanoin, ettei haittaisi, vaikka lupaa ei koskaan kuuluisi. Ei mennyt meikäläisen vitsi oikein perille ja poistuin huoneesta posket punaisina kuin kaksi ylikypsää tomaattia. Mutta pääsinpä vihdoin siivoamaan rappua. Harmittelin, että olin sattunut tulemaan paikalle aivan väärään aikaan. Olemassaoloni olisi ollut ikuisesti unohduksissa, jos olisin tullut vaikkapa puoli tuntia myöhemmin. No, turhaa sitä on hiiren haukotella, kun on jo kissan suussa. Päivän päätyttyä olin loppu kuin kuivaksi puristettu tiskirätti. Kotiin tultuani rojahdin lähimmälle tuolille istumaan ja huokaisin niin että oviverho lehahti henkäykseni voimasta. Uudistunut Veikko huomasi sen ja alkoi ihmetellä, mistä oikein oli kysymys. Kerroin hänelle olleeni poliisikuulustelussa Nariparin kuoleman johdosta. Veikko tunsi melkein kaikki lempinimet, jotka olin antanut kiusaajilleni, muttei onneksi tiennyt muuta kuin Emakon kuolemasta. Hän oli joskus kysellyt Taimeri-Tahvosta ja Samperin Munasta, mutta en ollut paljastanut mitä heille oli tapahtunut. Sanoin vain, että heidän kanssaan menee paremmin.

"Älä! Oliks se Naripari se myrkytetty pariskunta, jost lehet kirjottellee?" Veikko ihmetteli innokkaana ja jatkoi:

"Sinulha kävi tuuri. Ensi Emakko kuolee ja sit viäl Naripariki. Sietäisit ol tyytyväine."

"Älä höpötä! En jaksa nyt tuollaista! Äläkä vaan vahingossakaan mene lörpöttelemään noista lempinimistä, joita olen antanut ihmisille. Joudun pian epäillyksi juttujesi takia", vastasin.

Veikko päästi raikuvan naurun. Hänestä oli maailman huvittavin ajatus, että minua epäiltäisiin Nariparin murhasta.

"Voi sinnuu Pikku-Siiriseni. Mää voi kertoo niil, et sää et pysty tappaa ees hämähäkkii, vaa jätät se ain sarjamurhaajamiehes tehtäväks. Mää ole tappanu niit ainaski kakskymment eikä omatunto vois vähempää kolkutel ", Veikko letkautti ja silitti päätäni.

Jostain syystä tuo alentava ele otti päähän niin että olin vähällä laukaista totuuden päin Veikon pöhöttynyttä naamaa, mutta turvallisuussyistä jätin väliin. Hän oli mukamas kovinkin vitsikäs, vaikka ei todellakaan tiennyt mistä puhui. Mitäpä tuumaisi, jos saisi tietää totuuden, mokomakin hämähäkkimies. Taitaisi sankarilla mennä saman tien kalsarit pesuun.

Olin ensin levoton kaikesta mitä oli sattunut Nariparin yhteydessä, mutta lopulta sain rauhoitettua itseni, koska tiesin vaikuttimieni olleen oikeat niin kuin jokaikisessä muussakin tapauksessa. Samalla päätin alkaa utelemaan asioita liittyen Nuuskivaan Nunnaan. Tällä kertaa en paljastanut Veikolle Marialle antamaani nimeä. Sitä olisi ollut vaikea selvittää ja harmittelin jo, että ylipäätään olin kertonut niitä hänelle. Veikko oli sellainen lörppösuu kavereitten kanssa, ettei pahemmasta tietoa. Tosin olin melko varma, ettei Veikko koskaan jutellut minusta. Olin siihen liian mitätön. Kerran Veikko kyllä pyysi kylään Peran vaimonsa kanssa ja ajatteli kai, että minä voisin tuosta vaimosta saada jonkinlaisen ystävän itselleni. Veikkokaan ei ollut tavannut Irmaa aikaisemmin ja hänen ilmeensä oli sanoinkuvaamaton, kun täti tuli ovesta sisään. Arvon rouva painoi takuulla reippaasti toistasataa kiloa ja oli kova suustaan. Ihmetys oli molemminpuoleista. Irma katseli meitä ihmeissään ja kysyi heti alkajaisiksi: "Oletteko te kääpiöitä?"

Tuo kysymys ei ollut ollenkaan Veikon mieleen, joka piti itseään todella pitkänä, rinnallani kun oli tottunut elämään tai sanottaisiinko vaan olemaan. Asiaa ei helpottanut pätkääkään Irman vielä laukoessa Peralle:

"Voisin näköjään taittaa parhaan kaverisi kuin linkkuveitsen ja pistää hänet taskuuni."

Tuo lausunto sai aikaan, että vierailusta tuli tosi lyhyt ja sen jälkeen tuntui, että Veikko kartteli jopa itse Peraa. Miesparka sai maksaa paksun muijansa synneistä. Minun kannaltani se oli hyvä asia, koska moista lihavuorta en olisi ikinä voinut ottaa ystäväkseni. Oikeasti halusin sanoa hänelle tavatessamme ja hänen soittaessaan poskeaan, että tunnen itseni ihan Muhametiksi jonka luokse vuori on tullut. Jätinpähän kuitenkin senkin väliin, koska en ole luonteeltani niin ilkeä, kuin tuo kyseinen Himalaja.

10. NUUSKIVA NUNNA

No, se siitä. Aloin siis kysellä Veikolta mitä hän tiesi Nunnasta. Aloitin vain varovasti sanomalla, että se Maria siellä konttorissa vaikuttaa aika mukavalta. Siihen Veikko oikopäätä:

"Älä ikin men luottamaa siihe naisee! Se o edes ko enkeli, mut takan varsinaine mankeli. Se o sellane kaksnaamane tyyppi, joka vähä vällii käy johtaja juttusil juoruamas muide tekemisii. Sil ei kannat kerto mitää. Ellei halluu, et koko talo tietää."

Kuuntelin ihmeissäni sekä iloisena että levottomana. Toisaalta olin tyytyväinen, ettei Nuuskiva ollutkaan mikään kiltti Nunna niin kuin olin luullut, vaan jotain ihan muuta. Oli näköjään ansainnut paikkansa listallani. Samalla alkoi pelottaa oma lipsahdukseni Narien kahvista. Toivottavasti Nuuskiva oli jo unohtanut sen. Sanoin Veikolle:

"Ai, hän on ollut aina mulle niin mukava niin luulin ihan, että hän on sellainen muillekin. Kehui kerran siivoustanikin. No, hyvä tietää, että osaa varoa."

"Todellaki! Kerra meni reetuumaa minunki teke-
misistä pomol nii ettei potkut ollu kaukan. Melkei
teki mieli työntää häne juna al, ko kerra tuli samaa
aikaa tunnelbanaan minu kans."

"Ai kulkeeko se samalla tunnelbanalla kuin
mekin?"

"No ei, mut se asuu Kungsängenissä nii samal
laituril, mut vaa toisel puolel."

Kiitin mielessäni Veikkoa informaatiosta ja täy-
tyy tunnustaa, että piti vähältä, etten sanonut sitä
ääneen. Nuuskiva Nunna siis käytti maanalaista
junaa kotiin mennessään ja luultavasti pahimpaan
ruuhka-aikaan. Taas ratkaisu tuli kuin tarjottimella.
Tosin tässä tapauksessa nyt vaikuttaa se miten
Nariparitutkimus edistyy. Olin kyllä luottavainen,
että minut oli jo jätetty pois kuulusteluni jälkeen
koko tutkimuksesta. En kyllä ymmärtänyt miksi po-
liisi tutkii sitä murhana, kun kerran selvästi oli pa-
riskunnan oma moka. Parilla, kun meni pussit se-
kaisin.

Seuraavana päivänä työnjohtajani soitti ja ker-
toi, että poliisi oli soittanut ja kertonut Nariparin
kuolemasta. Hän oli loukkaantunut, etten ollut il-
moittanut hänelle kuolemantapauksesta. Sanoin

vain, etten ajatellut sen mitenkään liittyvän meihin ja siksi olin unohtanut koko asian. Hän tuhahti ja kertoi, että olivat halunneet osoitteet kaikkiin siivouskohteisiini. Sydän hyppäsi kurkkuuni.

"Ei kai ne minua epäile?!" pihisin kauhuissani.

"No, ei tietenkään, mutta sanoivat vain varmistavansa kaiken tiedon mitä olivat saaneet siellä liikuskelevilta ihmisiltä. Sinä olet vain yksi muiden joukossa. Tosin he pikkuisen ihmettelivät, ettet maininnut aamusiivoustasi konttorissa."

"Enkö muka maininnut sitä?" kysyin viattomasti samalla, kun sydän hakkasi kuin viidakkorumpu.

"Et vissiin, mutta kyllä kai ne ymmärsi, että olit vain unohtanut sen. Muista seuraavalla kerralla, jos tapahtuu jotain tällaista, että sinua kuulustellaan tai jotain vastaavaa niin minun pitää heti saada tietää siitä."

Lupasin kiltisti toimia oikein seuraavalla kerralla.

Poliisi soitti yhtenä iltana ja ihmetteli miksi olin jättänyt mainitsematta aamusiivoukseni. Hän kertoi heidän käyvän läpi kuulusteluja joita oli tehty ja selvittävänsä kaikki pienetkin epäselvyydet mitä niistä löytyi. Hän sanoi, ettei kysymys ollut mistään epäilystä, vaan he halusivat vain tutkia kaikki epäselvät kohdat kuulusteluissa, jotta lopulta löytäisivät oikean syyllisen. Sanoin, että muistin kyllä maininneeni konttorin, mutta hän väitti kivenkovaa, että kaikki kertomani oli kirjoitettu muistiin eikä siitä ollut pienintäkään mainintaa.

"Siinä tapauksessa vain unohdin sen. Ehkä vain mietin rappusiivouksiani, koska ne vievät suurimman osan päivistäni ja perjantaisin minulla ei edes ole sitä konttoria."

Poliisi sanoi ymmärtävänsä ja puhelu päättyi ihan leppeässä fiiliksessä. Veikko ihmetteli puhelua ja kerrottuani hän katsoi minua ihmeissään.

"Sää taidat ol aika tärkee osa tutkimust" hän sanoi ja ääni kuulosti jopa pikkuisen ylpeältä.

"Pikku sekaannus vain", sanoin ja aloin puuhailla muuta, jotta hän ei jatkaisi keskustelua. En pystynyt siihen tällä hetkellä. Oli pakko saada rauhassa ajatella ilman Veikon teorioita.

Koko juttu alkoi haiskahtaa rasitteelle. Mitä, jos poliisi menisi käymään konttorissa ja Nuuskiva Nunna kertoisi kahviteoriani, jota ei oltu mainittu missään lehdessä. Oli pistettävä töpinäksi Nunnan suhteen.

Seuraavana päivänä saatuani työni valmiiksi menin kyttäämään konttorin läheisyyteen, kunnes näin Nuuskivan Nunnan lähtevän muiden joukossa. Olin taas pukeutunut kaikenpeittävään huppariini, ettei hän vaan vahingossakaan näkisi kasvojani ja tajuaisi minun seuraavan häntä. Mokoman piti vielä käydä ruokakaupassakin ennen kuin vihdoin ohjasi askeleensa kohti tunnelbanaa. Seurasin perässä muutaman askeleen päässä. Kun tulin asemalaiturille, siellä oli niin paljon ihmisiä, että olin vähällä kadottaa Nuuskivan kokonaan näkyvistäni. Kun lopulta näin hänet, hän oli jo kiitettävästi sijoittunut aivan laiturin reunalle lähelle junarataa. Havitteli kai hyppäävänsä ensimmäisenä saapuvaan junaan. Itse änkeydyin ihmisjoukossa aivan hänen taakseen ja kiitin onneani, että vieressäni oli vain isoja ihmisiä, joiden päät tuntuivat olevan metrin omani yläpuolella. Sehän ei ollut mitään uutta meikäläiselle, joka aina oli paljon alempana muita. Kuten tavallista kukaan ei edes noteerannut olemassaoloani tunkeutuessani Nuuskivan Nunnan takamuksen kohdalle. Itse yritin olla nuuskimatta ja valmistauduin urotyöhöni. Vihdoin kuulin junan ääneen ja hiukan ennen sen saapumista työnsin kaikella voimallani Nunnan pyllyä ja hän moksahti samantien raiteille. Ihmisjoukosta kuului kova huuto junan ajaessa armottomasti hänen ylitseen. Kaikkien katseet olivat suunnattuna tapahtumaan, joten itse pääsin aivan huomaamatta hiippailemaan toiselle puolelle laituria, johon oma junani oli juuri tulossa. Loikkasin vauhdilla kyytiin ja hetken kuluttua juna jatkoi matkaa. Kotiin tullessani Veikko ihmetteli myöhäistä kotiintuloani, kun tietenkin juuri tänään sattui olemaan hereillä tullessani. Väitin hänelle, että halusin kävellä kotiin, että sain vähän raitista ilmaa kaiken pölyttämisen jälkeen. Selitys meni täydestä kuin väärä raha ja menin pesulle, Veikon jatkaessa tölkkien availua. Operaatio Nuuskiva Nunna oli saatu päätökseen. Nyt hän ei ehtisi hölöttämään poliisille. Siinä uskossa olin vielä silloin.

Mitä en vielä tiennyt, poliisit olivat kuin olivatkin jo käyneet konttorissa tarkistuskäynnillä ja eikö pahuksen Nunna ollut heti ängennyt herrojen jutusille ja lörpötellyt kahviteoriastani. Oli kuulemma uteliaisuuttaan mennyt kyselemään miten Naripari

oikein kuoli ja naureskellen kertonut heidän siivoo-
jansa, eli meikäläisen, hassun teorian myrkystä.
Kytät olivat samantien ruvenneet kyselemään tar-
kasti mitä oikein olin sanonut. Tämän minulle juo-
rusi Emakon huoneessa nykyisin istuva nuori nai-
nen, joka oli kuullut Nuuskivan ja poliisin välisen
keskustelun ja ihmetteli miksi meikäläisen teoria
niin kovasti alkoi kiinnostaa noita tutkijoita. Hän
sattui tulemaan kanssani yhtaikaa töihin ja his-
sissä alkoi kysellä miksi olin ajatellut myrkyn tap-
paneen tuon pariskunnan. Hänelle keksin jonkun
yleispätevän selityksen ja väitin mielikuvitukseni
keksineen koko ajatuksen, jossa ei ollut mitään
järkeä. Hän ei onneksi tiennyt minun siivoavan
Nariparin rappua. Toivoin, ettei hän pannut merkil-
le kuinka hermostuneeksi hänen juttunsa teki
minut.

Poliisi siis tiesi nyt sen mitä olin puhunut sivu
suuni Nunnalle. Voi pahus! Ja kun he tietenkin nyt
jo tiesivät Nuuskivan kohtalosta ei kestäisi kauaa,
kun meikäläistä tultaisiin noutamaan. Laitoin äkkiä
siivouskärryni kuntoon ja siivotessani aloin miettiä
kuumeisesti mitä nyt tekisin. En ehtinyt päästä
puusta pitkään, kun kaksi poliisia jo tulikin ovesta

sisään ja suoraan luokseni. He pyysivät minua tulemaan poliisilaitokselle kuultavaksi. Yritin selittää, että minun piti ensin siivota valmiiksi ja että sen jälkeen saapuisin paikalle, muuten saisin potkut. Toinen heistä sanoi määrätietoisesti, että minun oli heti tultava heidän mukaansa. Mikä komentelija! En siis saanut itselleni yhtään lisäaikaa miettiäkseni hyviä selityksiä, vaan oli jätettävä siivouskärryt seisomaan keskelle käytävää ja seurata kiltisti poliisisetiä. "Onneksi laukkuni listoineen sentään on siivouskomerossani turvassa", ajattelin samalla, kun vahingossa katsoin komeroni suuntaan.

Kuinka ollakaan, toinen kytistä meni kuin käskystä komerolleni ja tuli takaisin laukkuni ja takkini kanssa kysyen:

"Nämä ovat varmaan sinun, vai mitä?"

Pitikö sen komeron ovessa lukea isoilla kirjaimilla STÄD eli siivous? Pahus soikoon! Eihän hän muuten olisi keksinyt mennä sinne tavaroitani noutamaan. Pakkohan oli myöntää, että takki ja myös kyseinen kassi olivat minun. Nappasin nopeasti takin ja puin sen päälleni. Ojensin käteni ottaakseni laukun itselleni, mutta hän ei antanut sitä, vaan sanoi itse huolehtivansa siitä. Olin nyt tilanteessa, jossa ei ollut varaa valitella, joten annoin suosiolla hänen kantaa laukkuani.

Saavuttuamme kamarille, meikäläinen vietiin huoneeseen jossa oli pöytä ja sen ympärillä tuoleja. Melkeinpä kuin suoraan jostain rikossarjasta, joita Veikolla oli tapana katsoa. Minun käskettiin istua yhdelle tuoleista. Sain hetken aikaa olla yksin ja päätin käyttää ajan tehokkaasti keksien teorioita, jotka päästäisivät minut pälkähästä. Kuinka ollakaan päänuppini oli päättänyt loistaa tyhjyyttään juuri kun olisin sitä kuumimmin tarvinnut. Hermostuin yhä enemmän ja kun herrat saapuivat minua kuulustelemaan ja kyselivät asioita, huomasin ruotsinkielentaitoni hävinneen kuin tuhka tuuleen. Änkytin kuin en olisi mokomaa kieltä koskaan ennen käyttänyt. Kuulustelijat katsoivat parhaaksi hakea paikalle suomenkieltä puhuvat henkilöt. Finnit alkoivat samantien tulittaa kyselemällä pariskunta Johanssonista. Väittivät minun sanoneen Nuuskivalle, että myrkky oli kahvin joukossa ja pitivät sitä hyvin outona, koska sitä kuulemma ei ollut mainittu missään uutislähteissä. Sitä ei ollut kerrottu niille vielä tässä vaiheessa, väittivät. Heidän mielestään vain se joka oli myrkyttänyt kahvin voi sen tietää. Pitivät siis siivooja-naista ihan tyhmänä. Niin tyypillistä!

”Eihän tuota nyt niin kovin vaikea ollut päätellä, kun kerran Naripari säilytti myrkkyä samassa kaapissa kahvin kanssa”, laukaisin kuin pyssyn suusta äkäisenä.

Aivan! Sanoin Naripari! Mikä moka! Ihan sen vika, että piti heti hakea paikalle jotain suomalaisia kyttiä, kun nyt pikkasen menin änkyttelemään ruotsia puhuessani. Ruotsinkielellä en ikinä maailmassa olisi tehnyt moista virhettä, mutta kun pahus soikoon en saanut sitä tällä kertaa sujumaan. Laukkuni listoineen oli vielä ties missä. Takuulla olivat sitä täyttä häkää penkoamassa. Silloin olisin kyllä pulassa. Mielessäni yritin epätoivon vimmalla keksiä jonkun tekosyyn miksi tarvitsisin laukun juuri nyt. Ei putkahtanut mieleen yhden yhtäkään ja ennen kuin poliisitkaan ehtivät kommentoida kuulemaansa, joku koputti oveen ja pyysi kuulustelevaa poliisia tulemaan mukaansa.

Hän viipyi aika kauan ja kun vihdoin tuli takaisin, näin heti, että hänellä oli listani kädessään. Ja vielä lehtileikekin, jonka olin laittanut sen yhteyteen. Olivat siis mokomat menneet penkomaan toisen kassia ilman lupaa. Kuinka röyhkeää! Kuulustelija näytti sitä kanssani jääneelle kollegalleen, joka oli tuijottanut minua koko toisen poissaolon ajan sanomatta sanaakaan. Jotenkin tässä kohtaa lakkasin välittämästä. Listan näkeminen sai minut vain harmittelemaan sitä tosiasiaa, etten ollut vielä ehtinyt vetää viivaa Nuuskivan Nunnan yli. Se oli ainoa tunne, joka minulla oli. Vähältä piti, etten pyytänyt saada sitä hetkeksi tehdäkseni sen valmiiksi. Ehkä hyvä, että sain hillittyä itseni. Eihän heillä tietenkään olisi ollut pienintäkään ymmärrystä, että joku halusi tehdä työnsä kunnolla. Itseäni keskeneräinen lista vain harmitti lähestulkoon yhtä paljon kuin epäonnistunut Rusinajuttu.

Miesten vielä tutkiessa listaani, hermostuneisuuteni olikin yhtäkkiä poissa kokonaan. Oloni oli suorastaan oudon rauhallinen poliisin alkaessa kysellä listassani olevien henkilöllisyyksiä. Halusivat tähdentää, että he jo tiesivät Nariparin olevan Johanssonit. Niinpä tiesittekin, sattuneesta syystä. Kun olin vain hiljaa, he alkoivat kysellä oliko Nuuskiva Nunna konttorin Maria. Yritin ensin vähän vetkutella ja keksiä jotain selitystä, mutta tajusin olevani heikoilla jäillä. Parasta vain antaa periksi, koska ei edes pääkoppani ollut ystäväni tällä hetkellä. Harmitti, koska tiesin, että se normaalisti oli välkyimmästä päästä päistä mitä maa päällään kantaa. Toisaalta, mikseipä tässä kohtaa antaa periksi ja kertoa kaikista listani pahantekijöistä. Pakkohan heidät olisi saada ymmärtämään, että itse olin hyväntekijä enkä yhtään mitään muuta mitä tässä nyt selvästikin yritettiin kehitellä. Olihan kysymys urotöistä ja maineteoista.

Aloin siis posket hehkuen kertoa sotkupytty Anderssonin Emakosta ja soijamaidosta, nirppanokka Samperin Munasta ja liukkaasta lattiasta, läskimooses Taimeritahvosta ja zombienaamarista, kaljanlitkijä Tumppi-Timpasta ja hänen iänikuisista tupakantumpeistaan, nalkuttaja Himopyykkäristä satavuotiaine silitysrautoineen sekä lemuavasta Intopiukasta, jonka jarrut pettivät kerran kaikiksi ajoiksi. Kuvailin monisanaisesti mitä kaikkea nuo kauheat ihmiset olivat tehneet ympärillään oleville viattomille ihmisille ja minulle itselleni. Kuka tahansa ymmärtäisi, ettei sellaisia ihmisiä tarvittu tämän maan päällä eikä heitä kukaan jäänyt kaipaamaan. Ymmärrys jota odotin ei kovin paljon heijastunut noiden lainvartijoiden silmistä.

Toinen oli ollut koko tuon ajan pää alaspäin tutkien tärkeän näköisenä listaani, toisen tuijottaessa meikäläistä suu ammollaan. Kuulustelijan tuijottaessa minua edelleen kuin seipään nielleenä, saamatta sanaakaan suustaan, toinen yhtäkkiä nosti päänsä ja sanoi:

"Taisit unohtaa Rusinamummon."

Tuo oli melkein kuin isku palleaan. Kiitos vaan kovasti muistutuksesta, herra Santarmi. Minäkö muka unohtaisin Rusinamummon? En todellakaan! Kiukuissani tunnustin, että pikku mummelin kohdalla ei kaikki ollut mennyt niin kuin piti. Tähdensin kuitenkin voimakkaasti sitä, että olin saanut Rusinamummon pois viljelemästä rusinoitaan ympäri kylää ja siten helpottanut naapureitten elämää, jotka takuulla olivat siitä erittäin kiitollisia. Nyt kumpikin heistä tuijotti meikäläistä silmät ymmyrkäisinä sanomatta sanaakaan. Tarkemmin ajateltuna olivat tosi kokemattomia heppuja. Sen verran olen minäkin sivusilmällä niitä Veikon sarjoja katsonut, että kokeneitten kyselijöitten ilmeet eivät koskaan paljastaneet mitään.

Lopulta, kun olin laverrellut kaiken oman pääni menoksi, päätin, että nyt olisi minun vuoroni kysellä. Halusin tietää miten ihmeessä he olivat voineet alkaa epäillä Nariparin tapauksessa olevan jotain omituista. Listani tutkija, joka ei tähän mennessä ollut avannut suutaan muuta kuin loukatakseen minua Rusinamummolla, kysyi narisevalla äänellä:

"Haluat siis tietää missä mokasit vai?"

Täysin väärä ilmaisu, mutta vastasin vain, että jotain siihen tyyliin kai. Hän kertoi, että kun he olivat analysoineet kahvi- ja myrkkypusseja tulokset kertoivat, että kahvipussissa oli myös ollut myrkkyä. Se ei olisi ollut ollenkaan ihmeellistä, jos mittalusikka olisi myös löytynyt sieltä. Mutta sepä olikin myrkkypussissa. Siitä pääteltiin, että joku oli tarkoituksella sekoittanut kahvin joukkoon myrkyn, mutta laittamalla lusikan myrkkypussiin halusi antaa sen vaikutelman, että pariskunta itse oli erehtynyt.

"Siitä se tutkimus lähti käyntiin ja mikä onni, että sinäkin lopulta puhuit itsesi pussiin", poliisi sanoi ja hirnahti hermostuneesti.

Oli muka kovinkin vitsikäs. Minusta se ei ollut ollenkaan hauskaa ja katseeni teki sen kyllä hänelle selväksi.

Mutta mitäpä noista enää! Olen tyytyväinen, että sain vihdoinkin kertoa hyväntekeväisyydestäni. Sitäpaitsi minusta oli hetkessä tullut kaikkien aikojen kuuluisin ruotsinsuomalainen. Olen sen listan ykkönen ja aion siinä pysyäkin. Olen kaikkien aikojen etusivujen kuningatar! Kuukausi toisensa jälkeen meikäläisestä kirjoitettiin suurin kirjaimin joka ainoassa lehdessä. Ja tuskinpa tuo kiinnostus on vieläkään lopahtanut. Eikä minusta kirjoitettukaan vain täällä Ruotsissa, vaan tietenkin myös Suomessa ja uskokaa tai älkää Amerikoissa asti. Siis itse Nyyjorkkikin tietää kuka olen. Sinnehän meikäläisen piti aikanaan nuorena likkana matkustaa, mutta kun rahat loppuivat kesken niin piti jäädä Tukholmaan pölyhuiskua heiluttelemaan.

Kuinka paljon paremmin olisinkaan sopinut sinne suureen maailmaan. Siellä minua olisi ymmärretty. Onneksi olen nyt maailmankuulu, niin ainakin tietävät suuressa maailmassakin mistä jäivät paitsi. Olen siis kovan luokan julkkis, ei siksi ihme,

että tämän tästä saan jaella nimikirjoituksiani ta-
vallisille naapuruston roistopulliaisille.

Tässä muutama makupala lehtien lööpeistä:

"Mördarens egna ord om hur man kan
döda en människa med såpa eller soja.
Spännande läsning! Köp Aftonbladet idag!"

"Kaikkien aikojen täydellisimmät murhat.
Suomalainen siivooja lähellä onnistua
jatkamaan sarjamurhaajan uraansa
Tukholmassa. Hänen tekemisiään
ihmetellään nyt ympäri maailmaa, aina
Yhdysvaltoja myöten."

"Hon är anhållen för ett flertal mord i
Stockholm. Läs en enastående berättelse
om den lilla finska städerskan!"

"Miten päästä eroon epämukavista
tuttavuuksista. Lue kaikkien aikojen
jymyjuttu suomalaisen pienen
siivoojanaisen teoista!"

"Svenska kriminalhistoriens ovanligaste mordvapen. Läs om världens minsta mördarkvinna och hennes offerlista."

"Pieni ja pippurinen! Tuskin voisit uskoa nähdessäsi tämän pienen naisihmisen, mitä kaikkea hän onkaan saanut aikaan. Lue sensaatioartikkeli!"

"Mordet i Gamla Stan avslöjade en hel serie med mord. Läs om vapen som du aldrig trodde kunde ta livet av en människa och om människan du aldrig skulle kunna tro är en mördare."

"Olen hyväntekijä enkä ole koskaan ollut mitään muuta, väittää siivoojanainen teoistaan."

"ˊJag är inte någon mördare. Jag är en välgörare som har hjälpt många människor att bli av med deras torterare.ˊ Läs intervjun. Endast i Expressen!"

"Silitysrauta ja halloween-naamari murha-aseena. Lue uskomaton kertomus ruotsinsuomalaisesta Siiristä."

"Så levde Siiri, den finska kvinnan som alla nu känner som historiens ovanligaste mördare. Läs hela berättelsen!"

Tällaiset tapahtumat siis johtivat tieni tänne Ruotsin valtion Kolmen Kruunun/Tre Kronor-täysihoitolaan. Huoneeseen, jonka seinät olen tyylikkäästi tapetoinut itsestäni kertovilla sadoilla uutisilla. Enpä olekaan enää Pikku-Siiri, harmaa hiiri. Kaukana siitä! Nyt olen todella jotain ja vielä paikassa missä minua kunnioitetaan ja tekojani osataan arvostaa.

Sainpa jopa Veikolle jauhot suuhun. Kerrankin jotain muuta kuin makkaraa ja kaljaa herran suussa. Niin ja tietenkin rusinoita. Pyysin häntä nimittäin tuomaan munahattuni täysihoitolaani. Hän tuli lopulta hattuni kanssa, jota mokoma kiikutteli pelkässä muovipussissa. Ei mitään kunnioitusta! Ojennettuaan sen meikäläiselle, ei osannut muuta kuin tuijottaa kummastuneena sanaakaan sanomatta. Tuijotti meikäläistä kuin ei olisi ikinä ennen tuntenut, vaikka vuosikymmenet lojuttiin samassa punkassa. Lähti mokoma livohkaan niin nopeasti kuin suinkin kehtasi, edes hyvästejä sanomatta. Sen koommin en sitten ole nähnyt siipasta vilaustakaan. Jatkaa kai sitä iänikuista poikamieselämäänsä meikäläisen kämpässä. Ellei sitten "mee Veikko" ole intoutunut konkeloittemaan Porriin mamman helmoihin lohdutettavaksi. Sitäkään en kyllä ihmettelisi.

Vaikka tuomari kehtasi mustamaalata tekojani ja nimitteli meikäläistä Minihirviöksi tuomitessaan minut loppuiäkseni tänne, uskon että useimmat pitävät minua hyväntekijänä, koska sitä minä olen. Ajatelkoon tuomari Puusilmä mitä itse haluaa. Tein hänelle selväksi, että hän olisi sopinut paremmin viemäriksi kuin tuomariksi, sumeilematta kun vei meikäläisen vapauden. Koko oikeussali oli selvästikin kanssani samaa mieltä. Katselivat minua hyväntahtoisesti hymy huulillaan. Muutamat oikein nauroivat tuomarin typerää käytöstä. Siinäpä sai mokoma lainoppinut takkiinsa meikäläisen toimesta.

Eli kenellekään ei ole voinut jäädä epäselväksi mikä minä olen naisiani. Olen maailmanparantaja, ihmisystävällisyyden perikuva ja niin kuin hienot ihmiset sanovat: FILANTROOPPI.

Jos vähääkään epäilet tätä, käväiseppä kysymässä seuraavien tyyppien lähipiiriltä:

1.Anderssonin Emakko

2.Samperin Muna

3.Taimeritahvo

4.Tumppi-Timppa

5.Himopyykkäri

6.Rusinamummo

7, 8.Naripari

9.Intopiukka

10.Nuuskiva Nunna.

Ystävällisin terveisin

Siiri Suuri